全民微阅读系列

海 殇

HAI SHANG

李济超 著

江西高校出版社
JIANGXI UNIVERSITIES AND COLLEGES PRESS

图书在版编目（CIP）数据

海殇 / 李济超著 . — 南昌：江西高校出版社，2017.5

（全民微阅读系列）

ISBN 978-7-5493-5363-7

Ⅰ . ①海…　Ⅱ . ①李…　Ⅲ . ①小小说 — 小说集 — 中国 — 当代　Ⅳ . ①I247.82

中国版本图书馆 CIP 数据核字（2017）第 101491 号

出版发行	江西高校出版社
社　　址	江西省南昌市洪都北大道 96 号
总编室电话	(0791)88504319
销售电话	(0791)88592590
网　　址	www.juacp.com
印　　刷	北京一鑫印务有限责任公司
经　　销	全国新华书店
开　　本	700mm×1000mm　1/16
印　　张	13.5
字　　数	150 千字
版　　次	2017 年 5 月第 1 版 2020 年 7 月第 2 次印刷
书　　号	ISBN 978-7-5493-5363-7
定　　价	36.00 元

赣版权登字-07-2017-465

日益崛起的岭南小小说

——《岭南小小说文丛》总序

杨晓敏

近年来,岭南小小说在申平、刘海涛、雪弟、夏阳、许锋等人的大力倡导下,涌现出一批又一批的小小说热爱者,他们中间有成熟作家、评论家,也有后起新秀,他们的写作或深刻老道或清浅稚嫩,却无一不表现出一种蓬勃向上的喜人态势。今天的岭南小小说也可说春光旖旎,风光无限,老枝新叶,次第绽放新颜。《岭南小小说文丛》这套丛书,可谓近年来岭南小小说创作的一次集体大检阅,名家新锐,聚于一堂。入选的众多作家,来自不同的行业领域,对生活与艺术有着各自的观察切入点和表现力,其作品自然各具特色、各臻其妙。

广东已成为全国小小说创作强省之一:2010 年在惠州创建"中国小小说创作基地";2013 年打造"钟宣杯"全国优秀小小说"双刊奖";2012 年著名作家申平先生被聘为《小说选刊》小小说栏目特约责任编辑,同年,惠州学院文学与传媒学院成立了小小说创作研究中心;2016 年成立了广东省小小说学会,还有广州、佛山、东莞等地活跃的小小说学会等。一些有能力、有责任感的小小说倡导者,逐步健全组织机构,发展壮大队伍,坚持定期举办笔会,推新人、编选集、搞联谊、设奖项。这些举措不断激励着广大写作者的创作热情,绩效卓异,引起了全省乃至全国更大范围的关注,引领出了一支数以百计的小小说作家队伍。这支队伍先后出版小小说作品集和理论著作数百部,涌现出申平、刘海涛、韩英、林荣芝、何百源、夏阳、雪弟、许锋、韦名、朱耀华、吕啸天、李济超、肖建国、海华、石磊、陈凤群、陈树龙、陈树茂、阿社等一大批在全省、全国产生影响的小小说作家、评论家,先后荣获小小说领域最高荣誉"金麻雀奖"以及"蒲松龄微型文学奖""全国小小说优秀作品奖""冰心儿童图书奖"等,并且获得"小小说事业推动奖""小小说星座""明日之星"等荣誉称号。《头羊》《草龙》《记忆力》《捕鱼者说》《马不停蹄的忧伤》《蚂蚁蚂蚁》《爷父子》《最佳人选》等不少作品被选入各类精华本、语文教材以及译至海外,成为广大读者耳熟能详的精品佳作。

能把故事尤其是传奇故事讲得一波三折、九曲回肠、跌宕起伏又不纯粹猎奇,不能不说是写作者赢得读者青睐的一种有效手段,事实上有不少小小说写作者都因此而取得成功。广东的小小说领军人物申平深谙此道。近些年在南方的生活打拼,使他对文学的理解愈加成熟。他说,故事与小说的差异在于,前者是为了故事而故事,后者是故事后面有故事——回味无穷。现实生活中会有不同的故事,而要成为小说,则需要作家在生活中提干货、取精华,在故事这个"庙"里,适当造出一个"神"来。我以为作者所说的这个"神",实际上就是文章的"立意"。这是作家从创作实践中悟出的真知灼见。申平是国内著名小小说作家,作品诙谐幽默,主题深刻,特别在动物小小说创作方面独树一帜,深受读者好评。此次申平推出了自己 2012 年至 2016 年期间发表的作品精选,这 80 篇作品可以清晰地看到作者这几年的思考和跨越,"头羊"一下子变成了"一匹有思想的马"。

当代小小说领域的写作者云集如蚁，此起彼伏，亦如生活中，各色人等各领风骚。关于人生，关于文学，关于小小说，夏阳曾写下了自己的理解。他说："小小说首先是一门艺术。语言的精准，具有画面感的场景，独到的叙述手法，极具匠心的谋篇布局，加上恰到好处的留白，方寸之地，凸显小小说的大智慧。"夏阳在出道极短的时间里，以文质兼具的写作，进入一流作者的方阵，细究起来答案其实简单——不懈的读书思考和丰富的生活阅历，直接关乎写作者的人格养成。耿介而不追名逐利，不媚俗并拒绝投机主义，使夏阳在庞杂的小小说作家队伍中更显得言行坦荡，特立独行。夏阳的《寂寞在唱歌》，精选了45篇作品，用音乐点燃小小说，用小小说诠释音乐，可谓别出心裁，意在创新。该书质量整齐，笔法老道，人物描写细腻，是一部有艺术特色的小小说作品集。

《海殇》是李济超的又一本作品结集，内容大致分为"官场幽默讽刺、社会真善美、两性情感"三类。李济超刻画人物入木三分，把普通而有特殊意味的人和生活巧妙地奉于读者面前，引导读者在阅读中沉思，在沉思中感知生活。他常将官场比作战场，撇开危言耸听之嫌，官场上不仅要有斗智斗勇的应变能力，还要有百毒不侵的强健心智才行。李济超的官场作品，似乎和"领导"较上了劲：《千万别替领导买单》的弄巧成拙，《白送领导一次礼》的功利认知，《不给领导台阶下》的误打误撞，无不说明了领导在其官场作品中难以撼动的堡垒地位。《今天是个好日子》更是将领导的官场伎俩表现得淋漓尽致。有很多作家热衷官场题材的写作，且以揭露、讽刺为侧重点，此类题材能成为写作热门，绝非因官场文章好做，而是耳闻目睹，有话可说。

幽默是一种智慧，既能兼顾严肃的主题，又能令情节妙趣横生。海华的小小说中，常常体现出这种幽默风格，此次他推出的《最佳人选》风格亦然。比如其中的小小说《批判会》，虽然写的是特殊年代的一件司空见惯之事，却寄寓深远，读罢令人浮想联翩。海华善于一语双关，旁逸斜出。其作品语言紧贴人物，诙谐幽默，绵里藏针，极有生活气息。旺叔和七叔公两个人物形象刻画尤为成功。二人巧于周旋，挥洒自如，化解矛盾于无形，大庭广众之下，宛若上演了一出滑稽剧，既捍卫了村民的权利，又对社会生活中的不正常现象进行了淋漓尽致的抨击，是一篇幽默而不失含蓄的批判现实问题的作品。《最佳人选》所选作品，既有机关生活的展示，亦有市井生活的描绘，注重思想性，选材独特，文笔犀利，可读性强。

陈树龙专职从事空调行业二十多年，与民众多有交道，丰富的生活阅历使他的作品贴近生活本色。他善于将问题隐于深处，以轻松调侃的姿态开掘出来，读来生活情趣盎然。《顺风车》中的作品幽默诙谐，其中的《藏》可谓滴水映日，以小见大。阿六担心老婆戴着金首饰旅游不安全，让其藏匿于家，可是藏在家中哪里却成了一个棘手的问题，即便是自己的家，也未必是安全所在，还要提防小偷不请自来，于是揣摩小偷思维的反心理战术开始了。老婆准备将金首饰藏匿于衣柜、床垫、书房、米桶等等的惯常思路被阿六一一否定，畅想有个保险箱也被阿六调侃是"此地无银三百两"的愚蠢做法。老婆气恼先去拦的士，阿六藏匿好首饰，甚至打开了电视和灯光唱起了空城计，谁知却被再度返回的老婆无意中破解了。于此有了结尾处滑稽的一幕，阿六自认为天才小偷也找不到藏匿于垃圾桶垃圾袋中的首饰，却被老婆临走时顺手丢了。阅读至此，让人在哑然失笑之余，不免陷入对生存环境的思索。任何文学作品都要根植于现实生活的土壤中，小小说也不例外。每一篇作品就像一粒种子,埋藏在作者生活阅历及情感的不同节点,点点滴滴的生命感受一旦萌芽,或喜或悲的命运都会长成一棵开花的树。

陈树茂的小小说《1989年的春节》讲述了一个家庭的生活节点,同时也是这个家庭中每一个人的生命节点。这一年无疑是这个家庭最困难的一年,家中修建祖屋欠债难还,以致年三十的团圆饭都没有荤腥,父亲没有出门和牌友小乐,母亲冒雨挨个给借钱的亲朋好友送菜,希望过年期间不要来讨债,大哥考上大学发愁学费,大姐顾念家庭要求辍学,小妹尚小闹着要吃肉,而"我"偷偷切块祭拜祖先的卤肉给了小妹,看着母亲因为淋雨高烧、看着父亲偷偷抹泪却束手无策。这一年的年三十,对于这个家庭中的每一个人,都是苦不堪言的情感记忆,宛若一个心结难以解开,让人读之不禁为其忧伤:这一大家人的明天在哪里?雨停了天晴了,并不代表所有的困难不复存在了,可是作者就这么轻描淡写化解了,每一个人对未来依然心怀希望,一个家庭对未来依然抱有坚定不移的美好憧憬。父亲母亲对于苦难的隐忍倒在其次,乐观的生活态度才是影响孩子精神生活的支点。作品也因为这神奇的一笔,一扫全篇的阴霾压抑气氛,字里行间透着丝丝缕缕的暖阳。该书以家庭传统题材、另类服务系列、徐三系列及工地、社会题材为主,直面剖析社会现象和人性问题。

阿社属于年轻一代的实力派作家。《英雄寂寞》入选作品较全面反映了作者近年来的创作成就和艺术风格。其作品生动传神,寓教于乐,在轻松的阅读中给人以美的享受。时下,系列写作逐渐成为诸多作者选择的一个创作方向,以此架构一个具有自我标识性的文学属地。游迹于庞杂社会,或名或利的诱惑,人自然难以免俗,于是阿社的《包装时代》应运而生了。包装什么?名誉、头衔、身份等等,只要你想到的都可以有,甚至你没想到的也可以有。作品以人物的各种生活需求、社会需求、人生需求为线索,对主人公实施了一系列的改头换面行为,成功地将老师被包装成了大师。显然,包装师擅长攻心术,他深谙人们的欲望和浮夸心理,加上巧舌如簧,不仅利用包装身份满足了人物的虚荣心,还让其人性继续膨胀到不可一世,读来触目惊心。阿社的包装系列可谓琳琅满目,写实不失荒诞,揭示直抵人性。生活无小事,处处皆民生。

官场题材是陈耀宗创作的侧重点,《寻找嘴巴》中形形色色的官场人物活灵活现,语言或犀利或诙谐或调侃,但是归根结底还是在探究官场的生存法则,无外乎描绘官场为人处世的谨小慎微,甚至扭曲的生存心态。人际关系历来都是官场交流中不可避免的焦点,《人前人后》化繁就简,三人为例,集中展示了一个办公室中明争暗斗的有趣一幕。科长、科员甲、科员乙都是笔杆子,时有文章刊发,闲来两两互评,阿谀奉承乃至互相褒奖,而不在场的第三人就无辜中枪了。互损的结果只有两败俱伤,只不过大家已经习惯了这种官场游戏,人前人后,倒是彼此相安无事。"后来,好像什么事情也没有发生过,三支笔杆子似以往那样,两两对答着。一到三人都在一起,就不晓得说什么才好。"作者深谙官场生态体系,娓娓道来不失诙谐成分,讽人前的道貌岸然,嘲人后的阴暗猥琐,宛若上演了一出新时代的官场现形记。

胡玲是惠州市的小小说新秀,她的《心花朵朵》,是其几年来创作的结晶。该书细腻地描绘出人性的种种形状,开掘着人性的丰富内涵,用阳光的心态传达积极健康的能量,以接地气的文字书写社会底层小人物,如农民工、小贩、司机、临时工、保姆等,描写他们的生存之痛,他们的窘状、尴尬、困扰与快乐。胡玲还善于挖掘人性背后的束缚甚至异变,发现人的弱小和缺陷,以不同的文学视角写出"完美人物"的与众不同之处。比如《英雄之死》便是这个大背景下诞生的一篇作品,它意在警惕和呼唤:人,最终要成为"人",而避免成为某些先入为主的观念的祭品。

在这次出版的《岭南小小说文丛》中,还有一卷要引起我们特别的注意,那就是《桃花流水鳜鱼肥——惠州市小小说 10 年精选》。这本由著名小小说评论家雪弟主编的作品集,收入了惠州市小小说作家的 63 篇精品力作,可以看作是"惠州小小说现象"的最好诠释。雪弟先生对广东小小说事业的不懈推动,值得尊敬。

《岭南小小说文丛》的出版,一定会成为 2017 年全国小小说领域的大事之一,也是一件值得广大小小说读者期待的事情。

是为序。

(作者系河南省作协副主席,中国小小说事业的倡导者、组织者,著名评论家)

目录

今天是个好日子

今天是个好日子。

因为今天局长高升提县领导去了,大家要热烈欢送;因为今天原来的李副局长荣升正局长,大家要热烈庆贺;因为今天县里从外单位调来了一个很年轻的小伙接李副局长的位当副局长,大家也要热烈欢迎。所以今天可真是个好日子。

在宋祖英"今天是个好日子"的旋律中,盛大的欢送、庆贺和欢迎晚宴圆满结束了。随后大家齐声唱着"咱老百姓今天真高兴"的歌各自按照爱好分头涌向保龄球场或迪厅或歌厅。他们说,难得有这么一次机会,哪能轻易放过!他们盼望日日是今天呢。

县城最豪华的"人民餐厅"门口,李副局长,啊对了,应该是李局长,见到局长,噢对了,应该是县领导了,有点醉醺醺想回家休息的意思,便主动提出送县领导回家,县领导也欣然应允。

在县领导家门口, 领导一副大将风度地握着李局长的手,语重心长地说:"咱们共事多年,我对你还是放心的,你对我也是尊重的,这一点,我心里有数,你放心。希望你再接再厉,把工作干好,以后咱们在县里,还是有合作的机会的!"

话说到这坎上, 李局长自然万分感激,于是忙不迭声说:"今后有什么事您老尽管照样吩咐。"

回到"人民餐厅",李局长很领导地先到各处转了转,见大家活动得热火朝天,高兴地大声说:"大家尽情玩,玩开心点。"

年轻的副局长迎了过去说:"大家玩得都挺高兴的!"

"是啊,认真工作,好好娱乐,这是咱们单位的传统啊!"李局长惬意地笑了笑。

年轻的副局长连连点头:"是的是的,我一来就感觉到了!"

他们正说着,这时,秘书走了过来,悄悄地对李局长耳语:"都安排好了。"

只见李局长听后点点头说:"那就走吧。"没走几步,李局长停住了,回头对站在原地发愣的年轻副局长说,"走啊,一起去吧。"

年轻的副局长不知道要去哪,又不敢多问,只好说:"好的好的,一起去一起去。"说着随他们走进电梯。

到了四楼, 年轻的副局长这才发现原来是到餐厅的桑拿部。三人一走出电梯,经理、领班、服务员就都笑容满面地迎了过来:"哎呀,领导,您可有好几个星期没来了!"

李局长笑笑:"我这不是来了么!"话音刚落,很快两个绝顶艳丽的小姐已分别走到他和年轻的副局长跟前,挎起他们的胳膊,"咯咯咯"地笑着说着,然后拥着他们就往包间走去。

年轻的副局长一见,忽然明白了什么似的,脸色瞬间煞白,慌忙甩开胳膊:"不、不、不,我、我、从来没这样过,我……我、我、我还是回家吧……"

刚要进自己包间的李局长一听,停住了脚步,回过头来,面无表情、语气不高兴地说:"怎么?今天可是个好日子哟。"说着,搂着小姐进包间去了。

年轻的副局长听了,只觉得心打战得都快掉出来了。他愣了一阵,再也没说话了,只见他低着头,跟着小姐进了包间,轻轻地把门关上了。

　　翌日上班,李局长专门找年轻的副局长谈话,告诉他:"这叫今天是个好日子。当年老领导第一次带他到那种场所时,他当时的表现也跟昨天的他一样,当老领导对他说'今天可是个好日子哟'时,他也同样感到了一种从未有过的寒栗,同样乖乖地跟着进了包间。你看多年来我跟老领导不都合作得很好,像战友像兄弟吗,老领导不是提了吗?"

　　年轻的副局长连连称是。

忠 诚

药剂员小林闻到一股烟酒混合的气味的同时，一个醉醺醺的年轻人已摇摇晃晃地依靠在柜台前，醉眼惺忪地盯着他喊道："老、老板！买……买药！"

小林抬头一看，来人眼光迷离，而且浮动着一种让人摸不着边际的神气。小林想，这人一定是喝高了，酒气这么重，连说话时喷出来的味儿都几乎可以熏醉一个不胜酒力的人，应该是个醉鬼。小林知道与这类人说话得小心，话不投机会伤了他的自尊，会惹祸。于是忙站起来以职业的习惯，礼貌而又谨慎地问："同志，您需要什么？"

"老……老板！"年轻人仍然重复着那句很不连贯的话，"不是我……要什么，我……我是……为我们领导买……药。"

小林瞅了一眼玻璃门外，只见街上的行人此刻已开始稀稀落落了，心里不由得有些紧张起来："你为你们领导买什么药？"

"买……吉林产的'男宝益肾胶囊'！"年轻人打了个酒嗝，断断续续回答。

"非常抱歉，这是新药，我们'绿芝林'药店还没有得卖。"小林有些鄙视地告诉他。

"什么！"年轻人一听急了，似乎满腹狐疑，"你们药店没……有这药？"

"是没有。"

"怎么可能呢？"

"真的没有。"

"老板,你要考……虑我……的难处,不是我自己要买,是我为我们领……导来……买的!"说着,他掏出一支烟,点燃,然后垂下头闷闷地吸起来。

小林一脸的歉意,说:"真的对不起。"

"怎么可……能没……有呢? 我……几次听……我……们领导说,药……店里有……这药,说长……期服……用这……药效果……好着呢!"

"对不起,真的没有。"

年轻人打量了一下小林:"你……骗我!"

"我怎么会有药不卖呢？"

"老板,就……算我求你了,卖……一盒给……我,行……吗?"年轻人说着,眼泪夺眶而出,"我……原是领……导的司机,领……导把……我从一名普普通通'轿夫'提到科……长的位置不……容易,我买……这药是……要谢他的!"

"真对不起,真的没有啊。"小林有些感动了。

"怎么可……能没有呢? 那个……迟志……什么强……不是都……做过这广……告了吗! 全国人民……都知道!"

"对不起,真没有。"

"我说你……这……同志真没……阶级……友情,你……说我们领……导为工作隔三岔五地……出差……容易吗,都57岁的人了,前次带了会计张玫瑰,这次又带了出纳李菊花,马上又要带办……公室主……任王牡丹出……去,你说不补能行吗?"年轻人说得声泪俱下。

见此情景,小林心里不由感慨万分,这领导究竟是哪个单位的领导,难得他的手下对他如此忠心耿耿。他突然为店里没这药卖给年轻人而觉得很愧疚起来,说:"真的实在是对不起,我们真没这样的药,请你信我。"

"那好,那你就帮……我挑一样……能管用的药,比如'伟……哥'呀、'印……度神……油'呀,反正能补……肾、养……肾、护……肾的都好,多少钱……你说。"年轻人说着掏出钱包就"唰唰"数出五六张百元钞票往柜台一放,"够吗?"

"对不起,'伟哥'是处方药,必须凭医院泌尿科主治医生的处方才能买到。"

年轻人一听有些激动了:"你有药……凭什么不……卖!"说着用手掌直拍柜台,脸色也由潮红变成绀紫色了。

此刻,夜已深,好多门店陆续都在关门。生怕这位醉酒的年轻人激动起来会做出一些过激的事,于是,小林一边给他倒了一杯水一边轻声地对他说:"看来你真的是有点喝多了,要不这样吧,拿一盒解酒的'海王金樽'怎样?"年轻人一听用手一拂,把刚要送到他面前的杯子推倒到地上。

"你以为我……酒……喝多了?我……没醉,酒……醉心……明,懂……吗?"顿了一下,年轻人打了个酒嗝,又顿了一下,说,"告……诉你,我就……不信今夜……全……地球买……不到一盒……'男宝'。"说着,可怜兮兮地摇摇晃晃走出药店……

望着年轻人的身影渐渐地消失在昏暗的路灯下,小林终于长长呼出了一口气,一时不知说啥才好……

执 着

海
殇

　　酒店的电梯坏了,在五楼用完餐的人们只得走楼梯下楼。可偏偏楼梯口被一个着白衬衣打领带,面红耳赤、瞪着一双血眼的年轻人堵住了。只见这人一手抓着手机,一手钳住楼梯扶手,叉开双腿,正冲着要下楼的人们唾沫星子乱溅:"一人……当关,万夫莫开。我守住这里了,你们谁都甭想下去!"

　　哟,真像戏台上一员力战群雄的骁将。

　　看着这年轻人醉醺醺的神态,人们立马就明白应该是喝高了,在相互对视一眼后都不由得一齐笑了。只有其中一个好像非常理解当代年轻人似的中年人,嘿嘿笑了两声之后,上前就要拉开这年轻人的手臂。不料年轻人也嘿嘿笑了两声,然后摇摇头说:"对不起,我可是公务所在,我守住这里,暂时谁……都别想下……去!"

　　于是,人们就这样莫名其妙地被堵在楼梯口了。不一会儿,又来了一拨人马,同样被堵在这里。眨眼之间楼梯口热闹起来了,人们大眼瞪小眼,一时不知如何是好……

　　酒店经理很是负责。闻报楼梯口发生堵塞,不敢怠慢,立马赶到,点头哈腰挤入人群,一看,显得颇为惊讶。因为堵路的人原来是酒店的常客,只见他笑容可掬地迭声说:"哎哟,原来是黄科长呀!走走走,咱们到房间里歇歇吧!"说着凑过去就要架着这黄科长走。没想这黄科长内功深厚,或许是借着酒劲儿,顿时力大如牛，他腰身一转，就将经理扭到了墙根边。

"我守在这里，你也想下去，没门！你算什么鸟！你官大几品，没我经常带人来捧场！你个鸟酒店有今日！"这黄科长一手捂住连续打着酒嗝的嘴一手指着酒店经理说。

见此境况，人群中有人无奈地摊了摊手离开了，他们认为一时是走不了的，还是回包房继续唱歌去；有的则找了张凳子坐下干脆玩起手机游戏；有的仍然站着一声没吭地以很怪的眼神看着这黄科长在耍酒疯……都想，任这位酒爷闹个够去。

这时，人群中匆匆挤进来了两个人，上前与这黄科打了招呼。人们一看，这两人和这黄科应该是同个饭局的。只见这两人低声劝告黄科别再闹了，同时一人一边扶住黄科胳膊，欲将他裹挟而去，不料这黄科气定神闲，用脚钩住楼梯栅栏，还是重述着那句老话："我守住这里，你们别想下去！"说着打了几个酒嗝，完了又说，"我还是不是你们领导，是，就听我命令，喝！可别跟我叽叽歪歪的，你们这两个叛徒。"

"搞什么，搞什么！"这时，一个肥头大耳、阔嘴腆肚、满脸通红的人，喷着酒气儿拨开人群走了进来。

看到这人，黄科似乎立马清醒了许多，说："局长，我守住这里了，他们都别想下去！还说什么喝完海马酒就请我们一条龙。"

那位局长听后大笑道："对，守得好，他们竟想逃跑，没门！"

那位局长话音刚落，人群中又挤进来了两个人，二话没说一把将那位局长拦腰抱住，然后使劲直往一间包房里拖。只见那位局长被拖进房后又很快从门缝上露出一个头，朝黄科喊："小黄，撤回来！"

"不能撤！局……长，听我的……没错！坚持……就是……胜利！您安心……去吧，人在阵……地在！"黄科显得非常执着，只见他很悲壮地大声说,"我……守住这……里,就是粉……身碎骨也……不会让一个漏网!"

都到这份上了。人们终于觉得热闹看够了,也开始觉得有些厌烦了,都说就因为一个醉鬼,把大把时间耽搁在楼梯口实在划不来。于是,有人对着餐厅经理大喊了,强烈要求迅速解决下楼的问题。

经理尽管急得抓耳挠腮,却有心无力、一筹莫展。他想,这会儿黄科长虽然醉得一塌糊涂,还真不好开罪他,日后的生意还得指望他捧场。可这整栋楼只有一个楼梯,让他这么毫无顾忌地一挡,人们还真没办法下楼呢。但眼前群情激昂啊。万般无奈,已是黔驴技穷的经理只好再次唯唯诺诺、谨言慎行上前劝解黄科长。刚才想夹走黄科长的那两人,也同时扶住黄科长,低声帮着说些什么。但是,费尽了唇舌仍然无济于事,所有的努力都不奏效了。总之,这楼梯,目前是暂时不能通过了。

正尴尬间,形势陡然急转。黄科手机这时响了,只见他打开一看,神情骤然大变,兴奋地对着手机很谄媚地说道:"啊,阿娜啊,我,在哪里……好,我这就过去,OK!"黄科说完关了手机,转过身对刚才被他称为叛徒的那两个人交代,"要相信胜利属于我们,刚才我的那个找我了,你俩都听到啦,为此我必须先走一步……现在你们一个去帮我向局长请假,就说我妈有事找我。一个继续守住这里。"说罢一摇一晃下楼去了。

楼梯顿时通畅无堵了。酒店经理终于长长呼出一口气。

局长出事了

局长那天上午去参加同学聚会，聚会地点在一家宾馆的会议中心，是我载她去的。因为是同学聚会，我载她去后也就回局里等她了。等她的时候我还在想，局长太辛苦，这么大龄了还单身一人，工作压力又很大，怎么样也该让她偶尔去放松一下呢。

没想，这次聚会，局长出事了！

局长43岁，跟她级别一样还是个正处，她从不饮酒，又不喜欢交际，我为她开了这么多年车是清楚的。可这次聚会，她的那一帮同学就是不肯放过她，先是一位男同学端着酒杯，笑吟吟地来到她面前说："老同学，女人有很多宝贵的第一次，我只想得到你一个第一次……那就是喝酒的第一次。"说着仰脖一饮而尽。

同学们一见都起哄了："是同学就得喝下去，别以为是领导就搞特殊，喝了！"

局长的脸红得像个熟透的茄子，正不知所措，坐在她旁边的一位女同学已端过来酒杯硬逼着局长把满满一杯干红喝了。接着好几个同学都敬她来了："这是同学聚会，不是公务活动啊，没官阶的，非喝不可！"

局长连续喝下这满满几杯红葡萄酒，就彻底地醉了，且醉得一塌糊涂。后来被同学扶到宾馆的房间里，睡了。局长一直睡到下午四点多钟才醒来，醒来的时候，感到头痛欲裂的她就发现了一个天大的问题——她的胸罩被人解开了，扔床上呢。也就是说，在她醉得不省人事的时候，有人解开了她的胸罩，甚至……

局长上学的时候就是公认的校花。即使到了现在，她身材的那个三围仍保留着青春的活力，且皮肤光滑白皙，是远近闻名的美女领导。可局长是个冷美人，再说又是个领导，于是她从来不做一点有损形象的事。

此刻，她无论如何也回忆不起是谁解开了她的胸罩带子。她醉了以后，谁把她扶进了房间，谁把她放到了床上，谁陪护了她，她都一无所知。

局长给我打了电话，我一听立马就赶了过去。进了那房间，我见她正扑到床上哭，委屈得不可收拾。我想，这事找谁问去？怎么问？弄不好会闹得满城风雨啊，于是我说："也许不会有什么事的，那么多的人在一起。"

"可是我的胸罩怎么会开了呢？你说啊，呜呜……"局长一点不介意我是个男的。

"也许是你睡得不舒服，自己解开的。"我嗫嗫嚅嚅说着这话时，就想象着一个个可怕的镜头：一个男同学贼头贼脑地溜进局长的房间，亲吻着局长姣好的脸，然后解开局长的胸罩……再然后……

"不会的。"局长泪眼婆娑，一脸严峻。

"除了胸罩，别的没什么吧？"我终于忍无可忍，把最严重的担心说了出来。

局长一听，脸瞬间扭曲起来，表情怪怪的，不知道是哭还是笑。我为她倒了杯水，说："我只是担心，别当真，不会有什么的。"

只见局长怔怔地盯了我一会，然后一字一顿地说："报案去！"

我了解局长的性格，但她的这一决定让我觉得真的验证了我的猜测。如果不是真的发生了什么，局长怎么会提出报案呢？但我还是说："事情还没真正调查清楚，怎么能轻易说报案呢？反过来说，如果这样不清不白，局长您以后的生活肯定会蒙上阴影。"

局长听后又嘤嘤地抽泣起来，就这样我们谁也没说话的僵持着，空气一下子好像凝固了。我懊悔没在宾馆等她，其实我早就觉得她的那帮同学有点来历不明，特别是那一帮男同学，都色迷迷的，好像没安好心。听说不少还是骑三轮车的、收废品的……

突然，局长手机铃响了。局长木然坐在床边，没去接。可是手机铃依然不屈不挠地响。我只好拿起手机："喂，请问是谁？"

"哈，是小李啊，你们局长呢，回家了吗？"是局长的女同学蒋芳芳，这蒋芳芳跟局长倒是常有联系，大大咧咧的，我从来都不喜欢她。蒋芳芳继续着她的大嗓门，"我说小李呀，你得让你们局长检查一下内衣被人动了没有。哈哈哈哈！都二十多年了，我们今天才真的吃到她的豆腐了，哈哈哈哈……"

原来如此。我真恨不得过去抽她几巴掌，不是，我真恨不得过去亲她几下子。此刻，我心里是多么不舒服啊，跟了局长这么多年，别说吃，我连瞅一眼都没敢。

主任今天牙疼

　　主任今天怎么啦？一早上班，就满面阴霾两眼忧郁。大家见他这副样子，还是跟平时一样照常向他问声早安。然而，主任连吭一声的回应都没有，就径直坐到他的位子上。

　　顷刻间，刚刚还挺活跃的办公室便立即沉闷了下来，谁都没敢作声了，只是云天雾罩的看天外来客似地偷偷瞅主任几眼。主任今天心情不好，没准是遇到不快的事了，大家迷惑不解地打心底问。于是，平时来电最多的小蔡关闭了手机，以避免来电铃声骤然响起惹得主任心烦；老李常闹的咳嗽病无形中也得到了遏制，正想咳几声也只得赶紧捂住嘴巴；大姐头凤姨往杯里斟水都小心翼翼地；就连打字员王玲也没敢操作电脑了，怕键盘的声音把主任搅扰了。总之，办公室瞬间变成了一个声息全无的地方，宁静得有点害怕。

　　半晌，主任方才长长地"咝"了一声。接着一言不发地变换了一下姿势，把胳膊肘支在办公桌上，同时用手托着他那肥厚而有光泽的下巴，那样子好像心事重重又好像仇恨满腔似的，煞是煎熬人。大家就这样跟他默默呆坐了半个多小时。少顷，主任萎靡不振地起身走出了办公室。

　　见主任走出去了，大家紧张的心情方才放松了下来。而关于主任今天为啥心情不好的猜想，同时也开始展开了。第一个开口说话的当然是办公室的"小百灵"王玲，她把嗓门压得很低地说："听说最近主任常跟他爱人闹矛盾，而且还扯到离婚呢，会不会昨晚又开仗了……"没等王玲的话说完，刚吐出一个烟圈儿浮在空中的小蔡一听立即抢过话茬："我想不会的，我呢估计可能是这次县处级后备干部人选，县里没定他……"

"依我看不是这事，县里没定就没定呗，主任还年轻。离婚倒是可能会扯上，理由是……"老李干咳几声开腔了，他带着一种诡秘而怪异的声调说，"主任爱人去年不是去做了子宫瘤切除手术了，你们想想，都不会生育了，主任干吗裤袋里放着两个进口避孕套。是他爱人洗衣服时发现的，这千真万确，我说准离成。"

一听准离成，大家的确深感惊诧了。凤姨更是紧张了起来，她是主任媒人，此刻她急得差点要掉眼泪了。她说这次又要让人责怪了，主任夫妻俩关系要是有个好歹，她脱不了干系。王玲瞧凤姨这样子，便半开着玩笑地劝她："凤姨，算了吧，你也别太自责了，他俩甜蜜的时候你没份儿，他俩'腾云驾雾'的时候你还不是在地上。唉，这事情还说不清楚。我想还不完全是因这事。"

"女人子宫切除，夫妻生活极少可能和谐。"这时，老李喟然长叹一声，"唉……瞧主任，还没到 40 岁，正当年哟。总结起来说，官场失志、情场失意，也真难为啊。"只见他瞪圆着眼，正要继续发表感慨，这时，门外传来了脚步声，随着，主任突然推门进来了。大家立即中止了攀谈，气氛再次陷入寂然。

主任进来后还是刚才那个神态，懒懒地坐在自己办公的位置上，胳膊肘支在桌上，手托着腮帮子。

说实在，到这份上，大家真想关心关心一下主任了。然而正想开口，可话到嘴边，想了想谁都识趣地咽了回去。还是凤姨，她毕竟是大姐头,又岁数最大,见主任回来后还是这情形,她憋不住气了,她觉得应该率先关心一下主任。犹豫了一阵,她便起身沏了一杯茶,然后微颤着手端到主任面前,小心地问道:"主任,你今天是怎么了,老愁眉苦脸的。"

"没啥呀,就牙疼。"主任有气无力地打了个哈欠后,朝凤姨张开了他那河马似的大嘴说。

"噢……"凤姨一听先是愣了一下,接着回过头朝大家浅浅地笑了。大家瞬间目瞪口呆。

这时,办公室的那个电子挂钟刚好"铃铃铃"响了十一声。

遭　遇

最后一次酒杯响亮撞在一起以后,林镇长醉醺醺站起身,然后仰脖一饮而尽,然后什么也没说就摇摇晃晃朝门外走去。

围坐在酒桌旁边的人们见状,连忙迭声问:"干什么去啊,林镇长?"

没想到林镇长舌头打结,愣头愣脑地对大家说:"憋……得难受,放……水去。"

一听这话,大家就明白,林镇长可是喝多了。林镇长喝成这样,大家都没觉得他有什么不正常,因为大家今天彼此都喝了不少。只有县里来的蔡局长还算清醒,他上个月胃出血,今天没敢喝,此刻看着林镇长走起路来一步三摇的,便不放心起来,于是向旁边站着的服务员小姐努努嘴:"去,跟着我们林镇长去,别让他掉便池里淹死了。"蔡局长话音刚落,整屋子的人都大笑了起来。

刚走到门口的林镇长一听也忍不住笑了。只见他趔趄着回过身,朝乐得跟猴子似的人们说:"淹死蔡局这个老猴头。"林镇长的目光虽然有点离散,但这会儿骂人的目标却没骂错,就直指蔡局长一人。

于是,大家都说:"噢,原来人家林镇长真的根本就没喝多。"

听到了夸奖,林镇长更兴奋了。只见他对大家瞎嚷嚷起来:"笑话,这……洋酒……会醉人吗?"说着,挣脱搀扶着他的服务员小姐,自个儿踉踉跄跄朝走廊一头的公共卫生间走去。

林镇长来到卫生间门口,"嘣"的一脚,就把卫生间门板踢开,然后骂骂咧咧走了进去。站上便池,就迫不及待掏出"命根子"尿了起来。

林镇长正尿着,突然听到身后的门板又"嘣"的一声被踢开,于是便扭过头看了看,只见一个赤着半个膀子、脸上横着一条刀疤的膘健体壮的汉子也骂骂咧咧走进来。然后紧挨着他,也掏出"命根子"尿了起来。

少顷,林镇长尿完了便收起"命根子",拉着裤门同时随口"呸"的一声朝便池里吐了一口,可能是吐得太猛,林镇长忽觉胃里一阵翻江倒海,于是急忙伸手扶墙,低头呕吐起来……

林镇长刚呕完,那个刀疤脸也恰巧尿完。也许是嗅到林镇长吐出来的那股气味,他也狠狠往便池里"呸"的一声吐了口唾沫。或许也是由于吐得太猛了,只见他也急忙扶墙,"哗"的一声呕吐了起来。

林镇长见状非常生气。心想,这小子"呸"也跟,"呕"也跟,这不分明在嘲笑他。于是,他拍了拍刀疤脸的脑袋,大着舌头问:"喂……喂……喂!你……喝的……什么酒,喝……这么……多?"

刀疤脸吐完,斜过脸剜了他一眼,没好气地说:"管我喝……什么,乡下……米……酒啊,怎么啦?"

林镇长一听话音,知道是外地人,不知哪来的愣劲,忽然轻蔑地笑了起来:"无聊,喝土……炮……也……喝这么多,小心……伤你……身体啊,哈哈哈!"

刀疤脸顿感被耻笑,火气一下子就蹿了起来,只见他毫不示弱,回敬道:"那……你喝的……什么好……酒,也喝……这么多!"

林镇长大拇指一翘,得意扬扬地说:"人……头……马!"

刀疤脸听完,一种遭受轻视的怒气立马笼罩脸上,他恶狠狠地骂道:"靠,威……什么风,不……就喝……洋……酒吗?喝……洋……酒跟……喝土……炮……有什……么不一样,还……不都是吐了吗?"

林镇长听后大怒:"放屁!要……是一样的……话,我……是一……镇之长,你……是什么?还……有……怎么……人……头马贵,乡下米……酒才几块钱?你……你……母个……跟我比。"

刀疤脸一听恼怒了,指着林镇长的鼻子大吼起来:"你干吗骂人,你才你母个!"说着气汹汹抡起胳膊就狠狠往林镇长脸上揍了一拳。然后,骂骂咧咧摔门而去。

只听林镇长"扑通"一声便跌倒到便池旁的污地上,额头还立马被磕了个大包。毕竟是喝多了,此刻他瘫在地上,捂着脸颊上红肿的拳印,真的是懵了。然而这一摔还真让他心头清醒了很多,他记得起这脸怎被狠狠揍了一拳,只是这鼻子里的血怎么也涌出来了?

受　宠

酒至半酣,领导突然站起身,眯缝着眼,舌根僵直说:"我……要……去放……水。"胡镇长一听连忙站起来,准备亲自陪同领导去撒尿。

领导尽管喝高了,可心里还清醒,只听他说:"不用……你去,我……我能找……到卫生……间。"可胡镇长却坚持一定要。胡镇长想,不陪同就不足以显示自己的一片忠心,所以他坚持要陪同,可领导就是不让他陪同。拒绝去坚持来,最后还是领导扭不过胡镇长,只好由胡镇长亲自陪同去撒尿。

这酒楼算上档次的酒楼,可卫生间就是不好找。一路上领导和胡镇长总共问了三个服务小姐,转了四个弯才摇摇晃晃找到卫生间。然而卫生间极其狭小,里面只有一个脏兮兮的便池。尽管这会儿两个人见到厕所比见钞票还亲,但胡镇长自然不敢先进去,他才不会那么傻呢,他清楚让领导在门外等下属撒尿,成何体统?要是因为这件小事得罪了领导,那这一段时间的努力可就付之东流了,别说调县机关,就是再留任一届也难。

此刻,领导也不好意思一个人先进去撒尿,他怕有搞专权享特殊化之嫌。再说又要换届了,这人气还全仰仗胡镇长这班基层领导干部呢,胡镇长虽是下属,但他那个瀛江镇人口有十多万呢,按比例代表数就得四十来个,得罪不起。为了显示自己平易近人和蔼可亲,领导搂着胡镇长的腰说:"小胡,别客气了,走,咱们一起进去,请。"

胡镇长受宠若惊。心想,能被领导搂着腰请进卫生间,这是多么大的荣幸啊。光凭这一条,也要死心塌地地跟着领导好好干。他不敢与领导肩并肩,他忙说:"领导,您请,您先请。"

领导说:"走,咱哥俩一起进。"说完,一把将胡镇长拉进卫生间。

进了卫生间,领导为了表示对下级的关怀,又坚持让胡镇长先解决。这一次,胡镇长再不敢僭越了,说什么也不肯先撒尿。其实他肚子早憋得胀痛了,眼看就要尿裤子了,但在领导面前他不得不装作若无其事的样子:"领导,您请,领导,您请。"为表虔诚,他还伸出手为领导指引了撒尿的方向。

"共……同请,共……同请。"领导笑容满面地邀请胡镇长一起撒尿。

"您请,还……是您……先请。"胡镇长满脸堆笑对领导说。为了能让领导专心致志不受干扰地撒尿,他主动退到领导的后面,醉眼惺忪地望着墙上贴着的一幅超女宣传画。

既然胡镇长退到后面了,早憋不住了的领导也就不客气了,于是立即拉下裤裆链门掏出了那东西。可是怪了,刚才还憋得难受的,这会儿竟尿不出来了。领导使劲了又使劲,努力了又努力,可就是尿不出来。有人站在背后盯着自己的一整套动作,心里是什么滋味?能尿得出来吗?没办法,领导闭上眼,想象着流水的哗哗声,以启发尿意。想着想着,领导耳边还真的响起了哗哗的流水声,领导受到刺激,也随之打开闸门,哗哗地痛快地往外放了。

领导终于尿完了,他感到很畅快,有了心花怒放的感觉。

于是一边拉着裤链子一边长长吁了口气。咦，怎么还有哗哗声，他以为是产生了幻觉，便摇了摇头，没错，确实有哗哗声，而且感到小腿有些热热的，领导低下头仔细瞅瞅，没有啊，尽管喝高了，还不至于尿到自己腿上吧。这时，哗哗声还在响，领导好奇地回过头一看，酩酊大醉的胡镇长正把他的双腿当成了便池，正在十分惬意地尿着呢……

敢骂局长色迷迷

"听说了么？办公室刚招的那靓女，对，就是那个姓何的大学生，被炒了。"

"真的假的，上班还没一星期呢。"老秦一听颇感意外问。

小曾眨了眨眼睛："这小何胆子也真够大，竟敢骂局长'色迷迷'，还说什么……不照照镜子看看自己那酒糟鼻子。"

"没这回事吧，会不会听岔了，小何敢当面骂？"

"听说她说这话时，正好让路过窗口的局长给听到了。"

"啊，原来如此，怪不得。"众人几乎异口同声地说。

我们局长是长了个硕大的酒糟鼻子，就是因为这原因到了而立之年还难以找到一个相好的。你想想，这本来他就难受。平时瞅一眼他的鼻子他都忌讳，更何况公开说他酒糟鼻子，这分明在指戳他的痛处，他能不气愤？说他"色迷迷地看人"，这个嘛，坦白说，局长一见女同志倒是喜欢堆上一脸媚笑，而且还要多瞟几眼。应该理解，渴望感嘛。局长那天是随便到办公室走走，看见来了新同志，圆溜溜的眼睛自然更是带着微笑了。可是仅仅因为这些，就骂他"酒糟鼻子"，还"色迷迷地看人"，这也的确有点太过份了。

"听说那天弄得局长很狼狈，让小何一说，他脸上的肌肉抽搐了好一阵呢。"小曾说着吸了口烟，"气得局长的脸涨得红红的，一转身就愤然回他的办公室去。那天局长当场不好发泄，回到他的办公室就把一个茶杯狠劲摔了个稀烂。”

“就这样，昨天就把小何毫不留情地不让解释地给辞退了，是吗？”众人听后慨叹不已，齐声问小曾，小曾默不作声了……

事隔不久，办公室的老马有一天到市场买东西，在一间小吃店门口遇见了已在这家店里当服务员的小何。毕竟相处过几天，于是便走进去找她聊了一下。谈起这段往事，小何眼圈马上就红了，当问及那天究竟是怎么想的，干吗会那么刻薄地骂局长时，小何眼里便噙满了泪水：“我那里骂他啊。”

老马一听懵了，不解地问：“你不是讥笑他酒糟鼻子，还骂他色迷迷看人什么的吗？”

“什么呀，我那天是在骂那个闯到办公室来推销签字笔的老头子啊。”小何听完猛一跺脚说，“马大哥，你想想，那天不是有个老头子提着个旅行包到我们办公室吗？”说着晶莹的泪水扑簌地滴落了下来。

老马听后沉思片刻，终于想了起来。对啊，那天是有个提着旅行包的老头来办公室呀。老马想着心里不免感慨起来，他隐隐感觉犹如吞下了一粒怪味豆似的，怎么咂，也咂不出是什么滋味来……他心里生出一丝怜悯，一丝苦涩……

千万别替领导买单

那天早上，李根到"麻辣菜馆"吃"川味鱼粥"的时候，无意间看到局长坐在墙角一边也在吃"川味鱼粥"。局长是李根的领导，李根下意识地笑着跟局长点了点头后，继续埋下头吃"鱼粥"。他没过去跟局长搭话，是因为他看到局长的同时，还看到了局长身边偎着一个小姐。

李根很快就吃完了粥。买单时，连局长的也一起算了。临走，他犹豫了一下，但还是转身走到局长桌前，说："局长，你们慢慢吃，我已经把单买了。"

"哎，不用，不用，我自己买！"已被"川味鱼粥"呛得大汗淋漓的局长抹了抹鼻涕不耐烦地说。

"那我先走了！"李根战战兢兢地急忙离开了"菜馆"。

回单位路上，李根心里还是有些得意，平时巴结都巴结不上呢，今天自己竟然有机会给局长买单了。他想了想，便从袋里掏出手机拨通了同事林棉的电话，显摆地说："喂，你知道我刚才在'麻辣菜馆'碰到谁了吗？"

"谁知道，你小子吃川菜都不叫我？"林棉是单身汉，他没回答问题，倒先埋怨上了。

"先别扯，你知道我碰到谁了？"李根迫切地问。

"管你碰到谁？"林棉显然没什么兴趣。

"我碰到咱们局长了！"李根呵呵地笑着说。

"那有什么？县长我都碰到过多少回了！这有什么稀罕的？局长也喜欢麻辣川菜呢。"听得出，林棉对这事一点也不觉得奇怪。

"那……那你给他付过饭费吗？"李根忽然有点紧张。

"呀，我每次都当没看见他呢，从不给他付。再说了，他是领导，他的钱比我们两个加起来的都还多，凭什么给他付钱？"林棉的口气很不屑。

"哦……"李根心里悄悄呼了口气，关了手机。

不久，单位实行定岗定编。没想到，宣布下岗名单的时候，李根的名字赫然在列。林棉留下来。

李根纳闷，有天晚上就叫上林棉一起去喝酒。酒桌上，又说起了这事。

"伊母个局长，真不开面，好歹我还给他付过一回饭钱，怎么就这么绝情？"

没等李根说完，林棉一拍巴掌："你好糊涂啊！是你自己害了自己呢！"

"啊？难道我给他付钱还有错？"

"嗨，给你说了吧，局长本来不喜欢吃麻辣的，可就是傍在他身边的他那个干妹子，偏偏喜欢到那地方吃这一口，谁都知道啊？局长大人没法才去委身相陪的！我已经碰到过好几回了！"

"这有什么？"李根依然有些不解。

"你真笨到家了，猪脑！有些事情，谁愿意让别人撞见？当时你既然看见人家了，你能吃几碗就吃几碗吧，吃完就装做什么也没看见地赶快闪不就行了。你还给人家付账！你付账就付账吧，还回去跟局长打招呼！你这不是在威胁局长吗？你让局长不放心了，局长会用你吗？"

林棉的话一说完，李根傻了，脑袋一耷拉，再没言语了……

白送领导一次礼

这几天，张晓民的心情特别不好。心情特别不好的原因是最近局长遇到他时的眼神和以前大不一样。

张晓民细细琢磨了一下，自己在局长手下也有一年多时间了。刚报到那会，他曾去局长家里拜访过一次，那次局长半推半就地收下了他带去的那两瓶"茅台"酒，眼角的鱼尾纹笑成了两朵老菊花。张晓民并不指望这两瓶极其普通的茅台酒会给自己带来多大好处，只求在正常的晋职调资中别莫名其妙地被卡就行。

局长经常到张晓民所在的科室走一趟，不是冲这个笑一笑，就是朝那位点点头，一副和蔼可亲平易近人的模样。有时张晓民到局长办公室请示汇报工作，局长更是显得热情备至，甚至还会关心一下张晓民的私事儿，让张晓民感觉心里温暖如春。张晓民把这一切收获都归功于那次拜访，一年来，虽然没有什么既得利益，但一切倒也顺当。能和局长这样一位领导如此愉快地合作，就足以让张晓民心满意足了。

可是，最近事情却有了微妙的变化。张晓民发现，局长已经有很久一段时间没到他们的办公室来了。他感到奇怪，很想问问同科室的同事对此变化的看法，可是好几回话到嘴边又咽了下去。他知道，这种议论领导的话题怎好问得出口？即便问了，又会有谁给你讲真话？说不定还会用不阴不阳的目光把你盯个没完呢。张晓民还发现,再去局长办公室请示汇报工作时,局长的脸也不像以前那样了,倒像是快下雨时阴得很重的天。就是有时走个对头,敬重地喊声"局长好!"局长也不像以前那样立马跟上一串"好好好",这搞得张晓民的确有些不知所措。张晓民又悄悄地仔细观察了一番科室里的其他同事,只见他们个个依然神色坦然,还是和以前一样从容自得,好像压根没有感觉到局长的这些变化似的。

难道他们……难道是我出了问题?张晓民紧张地前思后想了一番,最后还是不得其解。

张晓民虽然年轻,却深谙世故。他想局长已经给脸色看了,同事们又是那副轻松的模样,再想想单位马上就要进行竞争上岗了,心里就更加忐忑不安起来。于是,他决定拿出一个月的工资再到局长家做一次拜访。

当晚,拎着两条软包装"中华"烟,张晓民第二次摁响局长家的门铃。然而,这次拜访,局长没有和上次一样绽放如菊花般的笑容了,相反却激动得几乎老泪纵横。只见他一把抓住张晓民的手迭声说:"谢谢!谢谢!谢谢你来看我!"这真让张晓民一时有点不知所措起来,嗫嚅了半天也说不出一句话。

有一天,张晓民正在科里看报纸,突然接到一个拨错科室的电话,电话通知局长马上去一趟组织部,还说部长们都在等着他。因为听出对方打电话的是一熟人,张晓民便悄声地问:"部长找我们局长有什么事吗?"

对方的声音在电话里说得也很轻:"你没听说啊?你们局长改非退二线了,县领导已经找他谈过话了。今天要正式宣布呢。"

张晓民一听懵了,整个人颓然地瘫倒在椅子上……心想,我这不是给领导白送了一次礼?

不给领导台阶下

酒席正在热火朝天地进行着。

这时，一位同事走到张湖东身边，附耳轻声地说："快喝了吧，别说是酒，就是尿，你也得喝啊！"

张湖东喝酒的确不行，这在单位是众所周知的。有一年年终会餐，他就仅仅喝了两小杯酒，结果大醉一场，好几天没缓过劲来不说，他老婆唠了他两句，他居然大过年的还摔碗砸锅起来。打那次开始他不再喝酒了。他说，这屎好吃酒可不能喝，喝酒简直就是受罪。然而，有些酒场他还是不能不参加，比如今天这酒席，请的可是市里主管单位……

"小……张，来，替我……把……这杯酒……喝了。"此刻，正想办法躲酒的他忽然听到邻桌有人在叫他，转身一看，姚局长端着一杯白酒已摇摇晃晃来到他跟前。

"我，我不会喝酒。"张湖东连忙站起来说。

"什……么不会……喝，我让……你喝，你……就得……喝！"姚局长是喝了不少，满脸通红，喷着酒气的话中还带着点硬气。

"局长，我真不能喝，我这一喝就醉，您是知道的。"张湖东再次赔着笑脸解释着。

"谁还……没……喝醉过，喝……醉了……怕什么，喝……醉了，我……批……准你明……天在……家睡……觉。"

姚局长有些不耐烦了，他歪着头看着这位自己的部下，当着这么多客人的面竟敢对他推三阻四，心想，这个张湖东真是没数了。

"局长，真对不起，我真不能喝。要不，您罚我喝两瓶矿泉水好吗。"张湖东声音不高地再三恳求。

"我……让你喝，你……就得喝，啰唆……什么，这……是毒药啊，真……是的！"姚局长生气地瞪大了眼，声音也明显提高了。见此情景，在座的人全都站了起来，有人悄悄拉了一下张湖东的衣襟。

"局长，真求您了，我还是别喝了，我喝酒真的像喝毒药一样受不了。"

"你……你这么办，还……让我的面子……往哪搁，这……是在打我的脸嘛！"

"不，不，局长，您言重了，喝不喝酒是我个人的事。"

这时，客人中有人说话了："算了，既然他不能喝酒，那就算了吧，别强人所难。"

"不……行，这杯……酒，他……非喝……下去不可！"没想，姚局长听了客人的话更生气了，火气更是直往上涌。

"我真的不能喝。"张湖东又一次摆了摆双手。

大家看了看张湖东，又看了看姚局长。邻座的另一位领导想打破僵局，挽回姚局长的面子，走过来，伸手去接姚局长的酒杯："还是我来喝了吧。"

"不……行！今……天非得让……他喝！"

又有一位同事走到张湖东身边，悄悄声说："快喝了吧，别说是酒，就是尿，你也得喝了！"

"你……喝是……不喝？"姚局长瞪大了眼，他真生气了，

海
殇

他觉得张湖东连给他一个台阶下都没有，真太叫他难堪了。

"不能喝，我真的不……"张湖东还想继续恳求姚局长。

"砰！"一声清脆的响声，只见姚局长猛地把手中的酒杯朝地下使劲砸去："你……你真……是岂……有此理！"姚局长的火气终于爆发了。

"砰！"就在姚局长摔杯的手刚放下，张湖东也同样抓起一只酒杯也"砰"的一声朝地下砸去："你欺人太甚！你这是在煎熬人。"

刹那间，大家一下子愣怔了。看事情闹成这场面，酒是不应该再喝下去了。于是，大家都过来劝慰这两个摔杯子的人……最后酒席不欢而散。

然而，令张湖东没想到，翌日一上班，他被一个电话通知到了姚局长的办公室。姚局长歉意地对他说："昨天是我不对，请不要当回事。"姚局长说着给张湖东递过来一支"中华"烟，"我该戒酒了，酒这东西确实害人……小张，我想问一下，你是不是有个亲戚在省里什么部门……"

张湖东哪有亲戚在省里什么部门，他老爸老妈都是农民，最有出息的大姨丈也不过是个小学教师。张湖东一听不言不语，扭头就走……

几天后，人事科长找到张湖东，对他说："你分配到这都几年了，是不是因为一直没提个什么，所以对姚局长心怀怨恨？否则那天不至于不给姚局长台阶下吧。"

张湖东正想跟科长解释，可科长却打住他的话："赶紧准备材料吧。"

张湖东纳闷了："准备什么呀？"

科长神秘兮兮地笑道："祝你荣升啊！"

"还荣升？"张湖东云天雾罩似的愣了半天，才淡然自语地说，"不穿小鞋就行。"

科长凑到他身边，附耳轻声说："你敢当众顶撞局长，不给局长台阶下，说明背地里还不更厉害？当领导的就怕这一招！"

钱副镇长的"遗产"

医生的诊断宣布钱副镇长已是一盏即将燃尽了的蜡烛,因为钱副镇长的病已到了晚期。医生说,就是科学再发达,也救不了他。

于是,接着几天,钱副镇长的夫人日夜守护在钱副镇长病榻旁,天天以泪洗面。钱副镇长握着夫人的手,有声无力喘息着说:"你好好过。"钱副镇长夫人紧紧地依偎着钱副镇长,嘤嘤地哭着说:"我离不开你。"钱副镇长说:"你不要想我。"钱副镇长夫人说:"我不能没有你。"

有一天,钱副镇长在死亡的门槛上徘徊了几个来回后,年轻的心脏终于停止了跳动。钱副镇长夫人在他的遗体上哭得死去活来,恨不得跟钱副镇长一起去了。

他俩实在是太恩爱了。钱副镇长生前,他夫人的好多女友无不羡慕,都夸钱副镇长夫人这是从哪里修来的福气啊,丈夫端正稳重,又有责任感,还是当官的。就是陌生人见了他俩,也称赞他们是天生一对、地造一双。如今,钱副镇长去了,人们无不扼腕痛惜,都感慨地说:可惜好花不常开啊。

把钱副镇长送上黄泉路以后,钱副镇长夫人忍住奔涌了几天的泪开始整理钱副镇长的遗物。突然钱副镇长的手机竟响了起来,钱副镇长夫人一听不觉倒吸一口冷气,霎时懵了。这不是闹鬼了,人都死了几天,手机怎么还会响起来?怔怔地呆望着"铃

"铃"作响的手机,钱副镇长夫人以为是自己哀伤过度使耳朵出了问题,但揉揉耳朵,没错,那"铃铃"声正清脆地响着呀……泪水再次沿着钱副镇长夫人两腮簌簌滑落。

纳闷了一会儿,茫然不知所措的钱副镇长夫人方才缓缓定下神,然后颤抖着手犹豫地接通电话。原来电话是钱副镇长的一位外地朋友打来找钱副镇长办事的。钱副镇长夫人关掉手机后,鼻子一酸,止不住又是一阵撕心裂肺的痛哭……

哭过之后,钱副镇长夫人睹物生情,不由自主地又打开了钱副镇长的手机。无意间摁到了"信息发件箱",一瞅,钱副镇长夫人呆了,顿时只觉得一阵难以自持的晕眩,身子一晃,差点倒下。因为她阅读到钱副镇长写的一则短信:"小芳,你是风儿我是沙,你是牙膏我是刷,你是哈密我是瓜,你不爱我我自杀。"读完后,钱副镇长夫人又迫不及待摁到下一则短信,这条信息是这样写的:"天空飘着小雨丝,似在嘲笑我的痴,百般心酸谁人知,千言万语只为思,思你想你念你,我想今晚在老地方抱抱你。"

痛彻心扉的钱副镇长夫人接着又摁到"收件箱",连续阅读到了由同一个号码发送的几则短信:"人渺渺,事休休,恨悠悠。床上寻梦,魂荡难收,思君泪流,我爱死你了。"、"长相思,晓月寒,情人今晚独往还,顾影自凄然。见亦难,思亦难,长夜漫漫抱恨眠,问伊怜不怜。能出来吗?"……

看着看着,钱副镇长夫人克制不了自己,她羞愤万分地接着翻读下面几则短信:"我已泣血,你不能死,为了我和没见到你的孩子,你得坚强地活下去……"、"钱已收到,你可以放心去了。"

钱副镇长夫人读到这则短信时,心里一咯噔,蓦地意识到了什么,慌忙转身直奔内室,打开钱副镇长的抽屉,找出存折。然而,存折中十万元已经在一个月前分三次汇出……

此刻，钱副镇长夫人恍然大悟。她怔了怔神，随即用钱副镇长手机直接呼叫发件人，但手机刚响了几声，对方就"啪"的一下挂断了。再拨，手机里传来的是一个甜甜女音："对不起，你所拨打的用户暂时无法接通。"钱副镇长夫人一听几乎崩溃了，顺手将钱副镇长手机朝屋外天井愤恨地掷去，随后浑身疲软无力地瘫倒在沙发上……

那一夜，钱副镇长夫人整晚不能入睡，她根本无法相信这一切都是真的，她没想到同耕共寝的恩爱丈夫生前竟然背着她在外面搞……

翌日，钱副镇长夫人还是再次拨打了那个手机号码。然而，仍是一个甜甜的女音，但这一次这个无限温柔却也无限冰冷的女音是这样告诉她的："对不起，你所拨打的用户已停机……"

一个鸟窝的问题

刚一上班，中层以上干部便被办公室通知到会议室开会。什么事儿?谁也不知道。大家一走进会议室,局长已一脸严肃地端坐在圆桌旁了。

几分钟后,该来的都到齐了,局长这才咳了一声,说道:"请大家来开这个紧急会议,主要是我今早发现了一个非常严重的问题。"局长说着,扫了一眼在座的下属们,"这个问题就是我们单位院子的那棵古榕上,不知道什么时候有了一个大鸟窝! 不要看这是一个小问题,由于这个鸟窝的存在,我们整天生活在叽叽喳喳喧闹的噪音中,怎能有平静的心境工作? 外单位的同志来了,如果被鸟屎砸了,我们好不容易树立的文明形象不就毁于一'砸'啊。"

原本还有点噪音的会议室顿时鸦雀无声了,大家大眼盯小眼,二十几双眼睛齐刷刷地都盯着局长的嘴巴了。

只见局长喝了一口茶,接着又语重心长地说:"同志们哪,为官一任,一定要权为民所系。今天会议的主题就是研究如何把这个大鸟窝给捅下来。"

办公室刘主任看着局长,先开口了:"这的确是个大问题。我看是不是应该请林业局的同志带点杀虫药来帮助处理……"他心里嘟哝,如果不是昨天你被一大滴灰白色鸟屎光顾了一下,你会说这个问题很严重吗?

"不行。这样下来，鸟窝是灭了，可院子里就会到处弥漫杀虫药味，如果有的同志被虫药中毒了该怎么办？"行政科马科长平时就看不惯办公室刘主任的作风，"万一是假杀虫药的话，杀个半死不活的话，岂不更变本加厉？"

后勤科张科长说："对，一定要在战术上藐视、战略上重视，我看，是不是请县消防中队帮忙？他们有专业工具。"

"这事就不要劳烦我们的子弟兵了。"接待科俞科长故意停顿了一下，"照我看，还不如请'瀛江沐足屋'来帮忙。"

"什么？"大家一听异口齐声问。

"用他们的洗脚水熏一下，保管那些鸟全飞走！"

"哈……哈……哈……"会议室的气氛顿时开始活跃起来……

看大家踊跃发言，局长很满意。他看了看表，微笑着摆了摆手："刚才大家都积极发言了，这充分体现了我们单位良好的民主氛围。本着开短会的原则，我看今天的会议就到这，根据同志们的发言，我总结一下。"局长拿着笔敲了敲桌面，"大家看这样好不好？请外单位的同志来，虽说能够解决问题，可我们单位上下几十号人，传出去，连一个鸟窝都搞不好，还能干什么？机构马上要精简，这有损我们单位形象的事，我们坚决不能做。自己的事，自己解决。后勤科今天下午购五套防护服，不，四套，能省的钱我们坚决不能多花一分，明天早上组织有关人员专门解决。当然，为了调动大家的积极性，凡是主动要求参加剿灭鸟窝战斗的同志，每人发奖金 200 元。我们单位虽然经费紧张，该花的钱，我们一分不省！"

翌日早上，局长一上班，就远远看见榕树底下站了好多的人。他很高兴："谁说我们单位一盘散沙？大家的积极性不是挺高的吗？"此刻，他想起了是不是应该请电视台的同志来报道一下？

　　"局长。"这时，有人向他走来，兴奋地说，"鸟窝没了，昨天夜里，不知道是哪个无名英雄做的好事，把它给捅了。"

　　局长不相信地站在树下，又仔细地朝上仰望了一遍。果然，昨天还在上面的鸟窝，现在已经只剩几根光秃秃的枝丫子了。局长的脸色渐渐地变得严峻起来，他有些愤怒地望着围在树底下的人们，吼道："是谁，是谁干的好事。班子会研究好的工作，怎么能随意乱改呢？"说着，他又大声地喊，"刘主任，刘主任在吗？通知股级以上干部，马上到会议室，开一个紧急会议。专门研究处理是谁敢私自捅下鸟窝的问题……"

镇长，晚餐味道可好

尹镇长嘴馋，这是谁都知道的。每到吃饭时分，他总会找借口给下边的单位打打招呼……不是今天吃教育这一口，就是明儿吃企业那一摊。下边单位的干群对此意见颇大，无奈他是领导。

这天下午临下班，尹镇长正欲打电话，办公桌上的电话铃就响了。提起话筒，尹镇长听到一个他并不熟悉的声音："镇长，我是前年你帮我弄进市政队的小张呀，还记得我吗？"

哪个小张？尹镇长实在有点发蒙。尽管如此，他还是对着话筒支吾着说："啊啊，小张呀，你好你好，有事吗？"

"没什么事，就是一直想谢你。今晚，我弄了条'穿山甲'。对，就请你。"

"不要了吧。"尹镇长故作推脱了一下，但马上就问，"在哪呢？'金龙酒家'，好，六点半。"

六点半，尹镇长依约来到"金龙酒家"。迎宾小姐笑盈盈地把他引领到一间豪华包房。尹镇长一看，怎么一个人都没有？正纳闷，服务员告诉他："刚才有一位姓张的先生接了个电话就走了，说马上就回来的。"

过了一会，服务员开始上菜了。尹镇长问："人还没到齐，怎么就……"

"刚才那位张先生临走时吩咐了，说你一到就上菜。"服务员答道。

这时，尹镇长的手机响了，只听尹镇长对着话筒说："什么，我先吃，你有急事，这不好吧。"尹镇长听了心里虽然有些不快，但看着这满餐桌香喷喷的菜肴，特别是那一盆冒着热气、肉色光润的"穿山甲"，他到底还是忍耐不住了，只觉得口中唾液正哗哗外溢着。于是他也不再多想什么，便拿起筷子，一边瞧着电视里的体育频道一边自斟自饮起来。餐桌上，除了一只汤盆里盛着"穿山甲"，还有大龙虾、鲍鱼什么的。这些都是他平时最喜欢吃的。尹镇长心里明白，这一顿晚餐起码得 4 位数，尹镇长正美滋滋地吃着时，手机又响了起来。

尹镇长一听，便懵了，急急说："什么？这一桌子菜我一个人吃？能吃得下吗？吃不完就兜着走？"

尹镇长实在是未见过这样对待领导的，心里暗忖：你小张究竟葫芦里装的什么药？此刻他还是有点儿焦虑了。但看着满桌子珍馐佳肴，他动了恻隐之心，觉得真可惜哟，这么多菜。唉，管他，反正是人家请的，吃吃吃，不吃白不吃，能吃多少吃多少。想着想着，尹镇长又大吃大喝起来。

不知吃了多少菜喝了多少酒，尹镇长终于觉得再也塞不进东西了。他抹了下嘴巴，艰难地站起来舒展了一下身躯，接着喊来了服务员，告知自己要先离开。

服务员笑盈盈地对他说："欢迎再来。"说着递给他一张账单，"给你打了折，酒菜总共是 1860 元。"

"嗯，知道了。啊，什么？你是说，我买单。"尹镇长一听焦急了，随即一脸沮丧地告诉服务员，"是那姓张的先生请我来的呀。"

"不好意思，那位姓张的先生我们也不认识，他说这是你自

海殇

己买单的。"

尹镇长终于恍然大悟，酒意顿时就醒了一大截。他知道这回准是让那姓张的给耍了。最后只得无可奈何地给他老婆打电话，让她快快带钱过来。通完电话，尹镇长一屁股瘫在沙发上。

结账交钱后，尹镇长跟着他的老婆提着几个餐盒疾步离开了"金龙酒家"。刚走出酒家大门，手机响了起来："怎么样，镇长大人，这顿自费的晚餐味道可好，哈哈哈。"

尹镇长一看手机，愤愤地骂了一声："操，充值卡打的。"他气得真想将手机摔个粉碎。

为什么我就相信你只会喝酒

范镇长嗜酒,经常在醉里睡、梦里游,这是众所周知的事。范镇长喝酒喝到这地步,他老婆自然不能容忍,但自觉宽心,逢人便说:"如今的男人喝点酒没啥,拈花惹草才怕呢。"她完全相信身为领导干部的丈夫绝不是"好逑的君子"。然而,范镇长最近瞒着她偏偏多了一项使她"怕"的"嗜好"。

这天上午,范镇长到镇一中检查工作。中午时分,让学校请到酒楼喝几杯。这酒一下肚,酒精就直往脑上冲,范镇长那股出了名的酒劲也就控制不了了,只见他一杯一杯地直往嘴里灌,没多久,就已经有七、八分醉意,舌头根发硬不说,还鼻涕口水也挂流了下来。

学校校长是刚刚从县教育局下来挂职的,看范镇长醉得已经开始语不成句了,怕他再喝下去会坏事,就让总务叫来一辆"脚踏三轮车"送他回家。

此刻,范镇长让总务搀扶着晕晕然地瘫坐在车上。不过,他喝得再糊涂,但有一点心里还是清楚的:通常酒后,他会被人请去"散骨放松"的。于是,"三轮车"没跑一段,他就安心闭上眼睛睡去。然而他今天错了,他没有被请去"放松",而是让那个学校总务送回家里了。

范镇长当然不清楚已回到家了,头昏脑涨、身体发飘的他一进门只管一咕噜栽倒在床上,呼呼入睡。他妻子见状,便忙为他宽衣。

朦胧中，范镇长感到有人在为他脱衣服，便醉醺醺地问："是仙……仙境……的……小芳吗？"

他妻子一听怔了，脸一沉气嘟嘟地说："什么小芳小芳的，我是你老婆呀。"

"你……说……说……什么？你是……是我……那……那老……老太婆，小……小芳，你……真……真会逗乐，这明……明是……仙……仙境按摩……"

他妻子恼火了，用手在他大腿处狠狠地捏了一下。范镇长顿时感觉力度太大，有点疼痛，便说："小芳……芳呀，今天你……你这是吃……吃什么啦，报……仇是不是。"

又是小芳。他妻子很有些无奈，但仍然忍着继续为范镇长脱去裤子。

范镇长又说："急……急什么，我……我这……不是来……来了，我的咪咪。"说着，范镇长迷迷糊糊地在他老婆臀部摸了一下，"先给……给我来个泰……式按摩，等……会再……再……"范镇长还用食指和中指做了个相叠的动作。

飘飘欲仙的范镇长正得意地说着。突然，"啪"的一声响，他觉得脸上重重挨了一个耳光，紧接着耳边响起怒骂声："好啊你，你原来还在外面玩女人！"

耳光加怒骂，顿时就把醉意朦胧的范镇长给惊醒了。他睁大眼睛一看，立刻吓愣了：自己的老婆怎么怒目横眉地站在面前，伊母个！是谁告了密。他吓得猛地坐起来，揉了揉血红的眼睛仔细一看，哎哟，原来是在自己的家里。

此刻，他妻子正淌着眼泪，似乎有点儿不能自已。只见她顿了一下就脱口冲着范镇长嚷了起来："为什么，为什么我就相信你只会喝酒。"

空　调

　　空调彻底坏了,这酷热的天气当然引起办公室的骚动。人们先是不约而同地愣了一下，然后都不约而同地纷纷涌向大院那棵古榕树下,刹那间,这里除了响着阵阵单调聒耳的蝉鸣,还云集了各种各样的噪音。

　　"我早说过,这烂空调早该淘汰了。"邱秘书满腔的不快,用报纸折成扇状使劲地猛扇着。

　　"要换就换名牌的,最好是'三菱'或'乐声'的,免得三天两头闹病。"

　　"对,'海尔'也可以。"孙副科长推了推架在鼻梁上的眼镜,"我认为,还应该装台柜式的,制冷快,风力又劲……"他尽情发挥着自己的想象力。

　　"连最根本的硬件建设都搞不好,还谈什么增创新优势。"邱秘书掏出面纸巾,擦起脸面上的汗花,嘴一撇又叨开了。

　　"对,得赶快找领导去,不然,室内像蒸笼般闷热,那能坐下来办公？"

　　"听说领导正开会呀。"老马打断了话头,"我,我又太忙。"说着他摊开两手,显出一副难为的脸色。忽然他眼睛一亮,转过身对王秘书说,"这样吧,我看还是……"

　　"什么呀,我也有事,唉,这救灾复产的方案还没赶出来呢,明天县长就要的。"王秘书摊开此刻当扇用的稿本,向老马摆了摆,颇有几分重任在身的样子。

这时,刘副科长浑身湿淋淋地从办公室里走了出来,无精打采地站在门口说:"啊,原来都跑这里了。"说着,不由自主伸了一个懒腰。众人方才注意到刘副科长原来睡着了,没跟着出来"避暑"。这会儿,刘副科长也加入关于空调问题的讨论了。他越说越精神,然而众人却越听越迷糊,最后,树荫底下不知不觉冒出了几个声调各异、长短不齐的呼噜声,刘副科长这才发觉人们都已经打着瞌睡了。

一直盘腿坐在树坛上一言不发的干事老卢,此刻心里很不是味儿。瞧着这现场,他觉得太别扭,可具体别扭在什么地方又一时想不出来。沉吟片刻,他抬头仰望着象死了似的云挂在碧空上一动不动,终于在心里轻叹一声:唉,事情这不明摆着,空调彻底坏了,人们无法办公。他想,过几天,县人大会就要召开,可手头里县长的工作报告必须抓紧改好。想到这儿,他觉得空调似乎是他的事情,和他很有关系,而且是一种重要的关系。于是,转身向领导办公楼的那个方向走去……

翌日,人们一上班,看到一台柜式空调已经端端正正潇潇洒洒地站在办公室一角。"哇,看这空调,真酷!"不知是哪个年轻人先高兴地惊呼了一声。

"是真棒! 瞧这款式,颜色,还新型。"这时,老马一边喷巴着嘴,一边把一撮茶叶放进茶杯说着。

"那肯定截然不同。"孙副科长摘下鼻梁上的眼镜,放在嘴边呵了呵气,"老马你喝热茶感觉还不一样呢。"

不知是谁急不可耐地按了遥控器。随着"嘀"的一声以后,徐徐的冷气瞬间从空调里喷了出来。"哇!"邱秘书先是一副陶醉了的样子,接着闭上眼睛作了一个旋转360度的舞蹈动作,"这生活多美好啊。"

"是美好,我这热茶喝起来也有味道了。"老马嗅了嗅冒着热气的茶杯,茶飘着清香,他非常惬意地喝了一大口。

王秘书也来了精神:"真爽,像冰淇淋,凉快极了。"他兴奋得蹦了起来。

王秘书这一蹦,使人们越发来了劲,又热烈攀谈开了。从电风扇的问世,讲到当今空调器的发展,从国产空调的款式、性能,扯到加入 WTO 以后空调的价格……然而,就是始终没有人提起这新空调究竟是怎么来的,谁向领导要求的,又是谁打扫了安装空调时遗落办公室里的灰尘的。

人们滔滔不绝地侃着。而老卢呢,只是默默站在窗前,透过玻璃看着室外几盆月季花开得正艳,心里想,一定好香,遗憾的是空调的使用都把这香气隔离了。

喜　报

"丁零零……"

门卫老苏提起电话:"请问找谁?"

"老苏吗?我是工会的孙溪。"

"哦,是孙主席啊。"

"告诉你,你分房的问题解决啦!往后可不用过'三世同堂'的苦日子喽!唉,老苏呀,解决你的问题真是棘手,住房条件比你差的大有人在呀!如果不是我……"

"多谢孙主席!"老苏努力通过话筒传递去一份诚意。

老苏搁下话筒,揉了揉双眼,长长地舒了一口气。唉,十多年了,一家老幼挤一间不够60平方米瓦房的苦日子终于可以结束了。可老两口本该如蜜似糖的年华却已经一去不复返了。想想真是抱憾终生的事。

这时电话又"丁零零"响起:"喂!老苏吗?我是小牛呀!"

"牛科长,你好!你好!"

"老苏呀,告诉你一个好消息,你房子的问题马上可解决啦!知道吗?我们科本来是不管分房的事的,但我还是大力向局领导反映了你的实际困难,想不到还是起了作用。解决喽!哈哈……同事嘛,就该互相帮忙!"

"是的是的,多谢牛科长关心!"

老苏搁下话筒,掏出一支烟,正欲点火,这时,局长的小舅子，也就是局保卫科科长陈宝贵走了进来，拍了拍老苏的肩膀说："老苏，上次你委托我办的事妥啦。明天房改科就会把钥匙交给你。三房一厅 80 平方米，我姐夫说，按你老苏的条件只能是两房一厅 70 平方米的房啊。"

老苏正想说几声道谢的话，"丁零零……"电话又急促响了起来。老苏提起电话，一个很熟悉的声音从话筒里传来："喂，值班室的老苏吗？"

"是啊，请问你是……"

"我是陈兵啊！"老苏一听，是分管房改的陈副局长。这往日一见到自己就鼓着嘴巴的他，今天说话的语气听起来亲切好多，老苏一时有点不知所措起来。

"哦，哦，陈副局长啊，你好啊，请问你有啥吩咐……"

"没什么，就跟你说个事，知道吗，关于你的房子问题，在研究时反对的人很多呀。不过，在我的据理力争下，基本通过。暂时你别张扬出去。"

老苏正想骂声"他娘的，你也来抢……"但立即想起屋里还坐着局长的小舅子，忙压低声音说了几句"多谢你帮了大忙，日后一定答谢"的话。

送走陈科长，老苏真有点懵了，为了分房的事，每年他都要多次找局领导和有关科室的头头磨嘴皮，光鱿鱼脯和大虾干都不知送去了多少。每次，他们都是打哼哈："知道了知道了，你的情况我们都很了解嘛，老同志了，是应该照顾的！

然而，每次分房老苏都没排上号。这次，老苏真的想不到，他怎么能够如此利索搭上政府分房的末班车呢？

翌日上午，房改科果然给他送来了新房的钥匙，这时，老苏掉泪了……他急不可耐地来到新宿舍区。当走近他的房子时，门口一大片令人毛骨悚然的苍蝇便"嗡"的一声飞舞起来。老苏发现他房子隔壁原来是间公厕，有的苍蝇正舔着粪呢。

礼品通知

"明后天,县里有好几摊'亲戚'要下来串门。"杨镇长一早上班,办公室的老冯就向他报告。

杨镇长先是听不明白意思,后来似有所悟,就问:"为什么事来的?"

老冯心直口快地说:"还不是为咱们那粒闻名遐迩、能弹跳上桌的鱼丸。"因为镇长刚调来不久,老冯也就补上一句,"年年如此,往年这时候,县里好多部门都会来的。"

杨镇长听后若有所思地踱回他的办公室,倒了一杯水,就靠在沙发上沉思起老冯的那句"往年这时候,县里好多部门都会来"。心想,这时候可是年关了,为上面一些有关部门备点年货也是应该的。可是眼下这镇里还有好几档钱发不出呢。想着想着,杨镇长狠劲拍了一下后脑勺,叹了口气说:"又一桩头痛的事来了。"突然,他好似发觉了什么一样,忽地拨起值班室的电话,"老冯,我问你,这一般在年关时来的,有多少部门,一个部门来多少个人?你粗略地回忆一下,大概有多少人,对,加上司机……嗯,知道了,二十多个部门,每个不会少于六、七个人。"

杨镇长听完放下电话,心里就嘀咕起来:"一摊六、七个人,按每个人10斤鱼丸计就得70斤,这价钱就是不按节前行情,平均每斤也得10元,这七个人就要700元。再说过门是客,既然来了,情理上中午总得招待一番,这一招待,至少加起来就得1000

元了……"

杨镇长深深叹了一口气,然后闭上眼睛。少顷,他又拨起电话,让办公室通知政府班子成员下午三时开会。另外再通知明后天要来的几个部门缓几天再来,理由就说镇里几位主要领导都出门要钱了。

下午,镇政府班子会上,杨镇长先让各位领导谈谈年终各自要"叩谢"的各路"神头",并将需要的鱼丸数量粗略算计一下……他自己则埋头在本子上飞快地记录着。

因为是研究安排送礼的事,会议气氛从一开始就显得非常轻松。而杨镇长却始终一声不吭,不置一词。待大家谈完以后,他才抬起头来,意味深长地说:"我们瀛港,镇不大,但渔港在省内乃至全国是有名的,特别是我们的鱼丸让报纸一宣传更是远近闻名。鱼丸是我们镇的特产,每年春节,我们镇都用这个特产去慰问上级有关部门领导,实际上这是一种在紧抓机遇打造瀛港特色品牌的做法,这是对的。今年我想还是这样。不过……"杨镇长喝了口水,接着说,"我想改革一下这种过时了又费事的慰问方法,这方法累人,让上级部门领导为几斤小小的鱼丸大老远的来回一趟,作为我们基层的多不好意思。我倒有个建议,不知是否可行,请大家审议一下。"

未待杨镇长说出来,众人就急问什么建议。只见杨镇长燃了支烟后慢条斯理地说:"到县城设个临时办事处,提前主动把鱼丸送到县城。这个做法至少有两个方面的好处,一是方便城里各部门领导,减少麻烦,这大老远的路免得来来往往。二是更主要地节省了我们招待他们的时间和费用。我算计了一下,来一摊至少要增加400元的招待费。本来咱们镇就穷,这一来一往我们不穷光了才怪。"杨镇长清了清嗓子,"这样做还可以说明我们是真心诚意的,谢神谢到庙门口了。"

听罢杨镇长这么几点建议,大家立即表示赞同,都称杨镇长点子出得好,可是很快,大家又为怎样个具体送法犯难了。

见大家闷闷地抽烟喝水,杨镇长反倒大笑起来:"这还不容易,按县机关电话号码簿发通知,就说接通知翌日凭通知到咱们办事处领取礼品。"说到这里,杨镇长还特意强调一句,"今年要送就所有部门正副头儿都送。如果大家没意见,就算通过。"顿了一下,杨镇长转身吩咐坐在旁边的分管工业的蔡副镇长先请镇海产品厂加工 2000 斤鱼丸,然后放入冷库待命。

就在礼品通知通过邮政局发出的第三天,县纪委就派出工作组带着县四套班子领导成员的礼品通知进驻了瀛港镇……

小海马大产业

老邓调瀛港镇任党委书记多年，一点名堂都没搞出来。打前年那次到该镇渔业管理区调研回来，却把"海马酒"喝上了瘾。

那次管理区白书记请的是用渔民刚从海里捕获的野生海马和人参、鹿茸等滋补中药材泡浸的"海马酒"，老邓喝了，回来感觉特别好，他说精力充沛，腰也不酸了，做那事时间也持久了。后来老邓专门查了一下医学古籍《神农本草经》和《本草纲目》以及《中药大辞典》等，才知道这海马素有"南方人参"美誉，富含人体所需的动物蛋白质和多种氨基酸、微量元素及生理活性物质，是传统名贵滋补中药材，可补充人体必需的营养素和生理活力，适用于肾阳虚、性欲减退、神疲乏力、腰膝无力、不育者，能补肾壮阳、调气活血。于是便把"海马酒"喝上了瘾。

知道老邓把"海马酒"喝上了瘾，是镇里有一次召开人大会。那次老邓一看席上没"海马酒"便问厨房师傅："有'海马酒'吗？"

厨房师傅说："我们厨房没'海马酒'，现在就一斤海马干都要1400多元呢，哪泡得起哇？太贵了，谁又喝得起？"

老邓半开玩笑地说："我喝！你不知道，海马可是咱们中国的'伟哥'啊，能壮腰强肾，下次再没'海马酒'，我就把你调去看大门，啊。"

翌日，厨房师傅便买了半斤海马干，还专门请了中医开了浸泡药酒的药单子。从此以后，老邓除了早餐，中午晚上吃饭必喝几小杯"海马酒"。上面部门下来的客人多，赶在饭口上的时候当然要喝点酒，知道海马是中国"伟哥"，能壮腰强肾，于是会喝的就喝，不会喝的就要了一小瓶带回去，于是一时间瀛港镇海马干的销量随之急剧上升，便有了到瀛港镇没喝到"海马酒"就不算到瀛港镇的美说。

不久，到瀛港镇喝"海马酒"便成了一大风景。市报李记者有次到瀛港镇采访，让邓书记请喝了"海马酒"，回城后便把"海马酒"作为一产业，写了篇题为《喝"海马酒"喝活了一方经济》的报道在市报刊登了出来，大意是说瀛港镇上餐饮业能够如此红火，都因"海马酒"而起，为国家创造了税费等等。后来这篇文章又被省报转载，瀛港镇的"海马酒"一下子名气就更大了。

一天县里来电话通知，过些天市有关部门要下来考察"海马酒"产业，让镇里准备一下，说电视台也要下来拍录像。老邓一听傻了，真来了拿什么给上级看？于是便把党政办公室主任小陈招来，狠狠批评了一顿，说李记者写报道咋不把下关，现在好了，惹麻烦了。当晚还临时发动召开党政会议，让班子成员出谋划策，共渡难关。然而，一干人还是一筹莫展。

小陈虽然挨了批评，但毕竟年轻脑瓜灵，他想到前些时候省政府督办的镇农村安全饮水工程的过滤池闲着没用，几次欲言又止。

老邓看出来了，说，"你小子有啥话就说，给你一次将功赎罪的机会。"

于是，小陈嗫嚅着说出了利用过滤池养海马的建议。与会人员一致认为这办法切实可行。翌日，党委、政府两套班子成员兵分两路，一路联系购买海马干；另一路赴镇农村安全饮水工程将过滤池布置成养殖池，然后挂上一块"无菌养殖基地，谢绝参观！"的牌子。

几天后,市有关部门领导来了。看了现场并喝了"海马酒"后一致认为,海马养殖切实可行,值得推广。同时也指出了不足,规模小,销售渠道单一,应建立海马养、销一条龙模式。建议吸引外资,扩建具有规模的"海马"系列加工厂和有地方特色的餐饮业。接着,市报、电视台还以《小小海马大大产业》为专题做了系列跟踪报道。

一时间,来瀛港镇观光的,学习取经的,络绎不绝。镇上餐馆、酒家的"海马酒"生意更是异常火爆,好多餐馆干脆兼营起"宋帝海马平喘散、莲英家传秘方海马追风膏、慈禧海马还童丹",还改餐馆为食疗餐馆,打出了"祖传海马童子鸡、百年海马人参养颜汤、海马蒸饭天下第一家"等招牌菜字号。有些客人喝着"海马酒",细品了"海马"食疗系列菜肴后,还要特意带一瓶"海马酒"回去。瞧着这大好形势,镇里提出了"小海马,大希望;一年脱贫,两年奔康"口号,同时鼓励原来养鱼的养殖户干脆把塘里的鱼一网打尽,改造扩建,换养"海马"。还专门规划出一块土地,准备招商引资建厂。年终总结时,瀛港镇被评为全市发展经济先进乡镇,老邓也因此荣升到市里招商引资办公室担任主任要职。

新书记到任,镇上自然要摆几桌接风。新书记是市里派下来锻炼的年轻干部,一见满桌的"海马"系列菜肴就说,撤下去。厨房师傅忙问,不知书记喜欢吃点啥?

新书记说:"我肾又没亏,我不吃海马,有泥鳅吗?泥鳅有活力会钻。"见厨房师傅唯唯诺诺,新书记又说,"没听过北宋诗人梅尧臣有首叫《江邻几馈鳛》诗中有句'泥鳛鱼之下,曾不享佳宾'吗……"

新闻效应

那天市报登了一条新闻,大概是说:瀛港镇的日月山多年来生态环境遭受严重破坏,目前山体已出现下陷现象,而山顶上建于清乾隆三年的古塔很有倾斜的趋势,随时有倒塌的危险。报道还配了现场照片。

这篇图文并茂的报道一见报,简直像一枚炸弹,很快就在瀛港镇炸开了。人们都说:"敢写这篇文章的作者胆子可不小,这下一定给当地领导'端'出麻烦来了。"因为署名说明是通讯员,人们也知道作者一定是瀛港镇人。这个通讯员,其实就是该镇的宣传干事小郑。

果然翌日,小郑一上班,在大厅里就碰见平时待人和气、可亲的镇长阴沉着脸,边走边冲着他硬硬地撂下一句话:"想出名,你……你……"话没说完就气呼呼上楼去了。

小郑呆呆地站在镇政府大厅,满脸委屈。他写稿,他拍照,并不是为了图名利,无非是想把这事报道出去,以引起上级和社会各界的重视。可眼前领导却认为是在有意出他们的丑,真是好心没好报。但回想一下自己这一手,小郑不禁愧疚于心,默默地抱怨起自己,后悔着。小郑心想要端稳这碗饭,以后搞新闻报道,一定要多唱点颂歌,多写擦屁股的稿。可他又想了回来,这不太没"灵魂"了。唉,不干了,伊母个,干脆跟有些人一样,啥事都装看不见。不是常说做好人一生平安吗。这时,小郑的BP机响了,一看是镇长呼他。怒火中烧的他又很快冷静了下来,他心想,你镇长再凶我,我郑某就跟你吵,我就一个当兵的,大不了收摊撒丫子。

小郑一走进镇长办公室,镇长就笑微微地起身为他沏茶,这一来可让小郑糊涂了。刚才还很"忌"他的镇长大人,转眼间咋就变成这副样子?小郑颤颤找了个位子坐了下来,等待镇长发话。

只见镇长沏好茶又递一支烟给他,接着满脸笑意,一板一眼对他说:"不错,算我没看错人,镇政府这么多摇笔杆的,就数你最行。告诉你个好消息……"说着就坐回他的椅子。

这么一说,小郑更加糊涂了,他顾不得点烟,悄悄地瞟了一眼镇长,心底里升起一种预感,两只拳头同时也攥得更紧了。恨不得说,废话少讲,你干脆就把我给开了吧。

只见镇长喝了一口茶后,清了清嗓子,喜不自抑地说:"小郑啊,刚才市里陈秘书来电话说,市领导看了报纸,碰了一下头,决定拨 10 万元给咱们作'拯救'日月山的费用。过几天市长还要带有关部门专家来考察,准备把日月山规划成一个景点。你费点神多写几篇稿,要换个角度,比如有的以群众呼吁的形式,要更尖锐些。还有,由你做主,如果觉得有必要,可以多请几位记者下来,作些更有深度的'捅捅'。"镇长顿了顿,接着说,"没想到,你小子这一手还真厉害。过去打了多少报告,一分钱都没批,真想不到,这回问题解决了。"说罢,镇长拨起了电话,通知接待室中午在"金海旺"给他定个标准房间。搁下电话,镇长对小郑说,"中午代表瀛港人民请你。"

而小郑只是惘然地坐在沙发上咬着嘴唇,仿佛在抑制着自己什么。

抗　旱

　　这年大旱,50年不遇,农业生产十分火急。县长决定亲赴重灾区指导抗旱工作。秘书不敢怠慢,迅速进行了缜密的部署,立即接通瀛港镇,特别交代该镇领导务必选择一个旱情突出且有空地停车又不使领导走太远路的村,同时准备些毛巾和草帽。接着,秘书又拨通报社和电视台电话,吩咐派记者随行。

　　翌日上午,县长率领的一支由农、林、水等部门组成的长长车队便径直奔赴瀛港镇。一路上,暑气逼人,赤日炎炎。只见广袤的田园经暴烈的阳光烤晒,庄稼已失去繁茂、青葱,路旁野草像没有筋骨一样也抬不起头了。县长望着这副情景,长长吁了口气,缓缓合上双眼。

　　临近晌午,县长一行风尘仆仆抵达瀛港镇。此刻,镇领导班子早已在镇政府门口等候。县长说:"就不停歇了,先赶现场看看。"于是,镇长引路,县长一行马不停蹄地奔赴镇里选定的山角村。

　　到达山角村,因路弯陡,"奥迪"、"奔驰"进不了,停在村外晒谷埕。县长只能走出开着空调、凉气沁人的车厢,开始顶着烤人的骄阳步行了。走着走着,这乡间小道便尘土飞扬起来,人们满身灰尘,一脸苦相,而县长却视而不见,尽管步履沉重,仍向前走着。然而,没走多远,县长也大汗淋漓,还有点气喘吁吁了。只见他开始皱着眉头停停走走,不时摘下头上的草帽叉腰猛扇着,似在烦躁不安地等待什么一样。县长一行一直走了很远,足有三里路。

这时,胳肢窝夹着公文包的秘书也累了,停了下来,悄悄向县长溜了一眼,见县长脸上的阴云很厚,心便急了。于是,叫住镇长,一边擦着汗,一边瞪着镇长小声嘟哝道:"让你选近一点的,你反而要我们走这么远。你搞什么名堂,县长是来检查指导抗旱的,不是来练'长跑'的。"

镇长稍稍一愣,马上笑了:"不远了,前面就到,我们已安排几部抽水机在抽水抗旱了。"

秘书正喝着矿泉水,一听脸色骤沉,随口"啊"的一声把水喷了出来:"什么什么,谁让你抽水的,都灌田里了?哎哟,你耳朵是不是出问题了,报社要拍照,电视台要录像的,唉!"

镇长挠了挠头,眯着眼:"那正好,这地方开阔,背景也好,拍照、录像的光线绝对充足、明亮。"说着,挽起秘书的手向前面走去。

路上,秘书依然未忘对镇长发牢骚:"干了这么多年,你这干部是咋当的?还不懂。既然有旱情,就必须让人一目了然,可见到处山塘水库干涸、田园龟裂才对,嗯。"秘书说着望了望不远处的田园,火又着了,"你看看,这哪会旱呢,园沟里都淌着水,水田上也灌满了,一点干涸和龟裂样都没有。这让人家记者怎拍呢?"

此刻,镇长仿佛给一张黏力很强的膏药封住了嘴,脸立马变青起来,他嗫嚅着两片嘴唇,半晌不敢说出话。他心里明白,这下闯祸了。顿了顿,镇长低着头喃喃自语:"可我们抽的都是龙江的咸水,是不能灌溉的。"

"什么？相片上、电视上能看出水是咸的么？嗯，你……"秘书冷冷地瞥了镇长一眼，一言不发了。

　　一路上听着秘书训责镇长的那位肩上扛着摄影枪的年轻人，有点同情镇长了，笑了笑对秘书说："算了，不碍事，回头到别处补几个镜头就得了。"

　　秘书一听又嚷起来，冲着扛摄影枪的年轻人："你是导演啊，啊，头儿是演员啊，啊。"说完，急步追赶前面去了……

　　镇长终于恍然大悟。这时，从他额头上淌流下来的汗，有一滴已泻入他的眼眶，使他眼里有点涩涩地痛，看东西都迷糊了。

跟领导开开玩笑

那天的会议是早上一上班就开始的。临近中午，局长还在台上口若悬河地讲着……

时间长了，坐在下面的办事员张春跃就有了困意，在局长"一要二要三要"的漫谈中，他试图趴在桌子上看看能不能跟旁边那个胖子一样幸福地进入梦乡。然而，刚一趴下，他的手机便震动了起来。张春跃知道，这是来短信通知。于是他掏出手机放在桌子下面看了一下。

咦，这信息不是来自潘副局长的手机么？张春跃有些不解了，潘副局长从来都未曾给自己打过电话，何况发短信。于是，张春跃默默阅读了一下短信内容，方才明白过来。短信里这样说："小妹，这么长时间，没想你这么狠心，一次也不和我联系。但记得今天是你的生日，我还是给你短信，祝你生日快乐。"

给小妹的短信咋发给了我？肯定是发错了。张春跃正想删掉，抬头望了一眼发件人潘副局长。见潘副局长在台上整一副高傲的样子，一时气就来了，于是决定跟发错了短信的潘副局长开开玩笑，给这位他一直不怎么尊重的领导回复短信。他想，反正潘副局长又不知道我张春跃的手机号，再说，充值卡上也只剩下几块钱，这卡不再充就得了。想着想着，张春跃立即回复了一条短信过去："谢谢，大哥，你怎么用这个手机号？"

"这个新手机号我不是告诉过你了。就因为我不再是什么长了,你就忘了,是吗？"

阅读到这条短信,张春跃惊呆了,他只有装作糊涂说:"大哥,你不要这样嘛,我怎么会忘呢。"

"那我打了多少电话,发了多少短信,你干吗都没复？"

张春跃又回复了一条短信:"你不是'双规'了吗,我哪敢给你复电话啊,我认为是调查人员打的嘛。"

"我还以为你真的喜欢我呢。可我刚遇到点小麻烦,你就马上远离我。"

张春跃顺着潘副局长的短信接着说:"大哥说什么话呢,我是真心爱你的,但你爱的不只我一个。我知道你和好多女人都有一腿。"

"那都是逢场作戏,可对你真是一往情深。我在你身上付出了多少代价,你是知道的。"

张春跃故意装着生气了:"大哥,你说这话就对不住老天爷了。我把青春都献给了你,那年我一下三轮车你就立马把我拉进了被窝。到头来我在你身上又能图到什么？说白了,我下南方不就是图钱！"发完短信,张春跃再望了一眼台上的潘副局长,只见他此刻的脸涨得通红,看上去很气愤似的。

"你终于算是把真话说出来了！"

张春跃接着说:"哟,你以为你是谁,你年轻啊、潇洒啊,你不就有点权和几个臭钱,如今,你没权了又算什么？你给我的,还没你身上的一根毫毛呢！"发完短信,张春跃抬头瞟了一眼台上的领导们,局长仍在讲话,两个副局长在抽烟,两个副局长在默默地听着,唯有潘副局长低着头,手放在桌子下,估计是在忙着写短信。

"哈哈,我告诉你,我的双规解除了。"

张春跃隐隐感觉到潘副局长在发短信时还是一副得意样，真想能狠狠捣他几拳，就回复说："别太高兴，我现在整平你还不迟。"

"我知道你这女人什么事都能做出来。但你这一手太稚嫩了。"

张春跃来劲了："那我肚子里的呢？"

"哈哈，你哄谁呀？我们每次做爱，你不是都要求我带套吗？"

看到这条信息，张春跃不由得怒火中烧："你等着，三块瓦也会绊倒人的，今天这手机信息就能帮我干出大事。"发完信息，张春跃的脑子一时竟有些眩晕的感觉，他感到事情的严重性。心想，再来什么短信，都不能回复了，没想到事情是这样的结果。他觉得这样的玩笑不能继续下去。于是关了手机，随手摘下充值卡往地上掷去……

刚好这时，会场上爆起了震耳欲聋的掌声。主持人对着话筒宣布："现在请潘副局长讲他对社会主义荣辱观的认识和学习体会，请大家鼓掌。"话音刚落，会场上又"啪啪啪"响起了掌声。

昨天电话是我打错了

庄副县长退休了。退休后庄副县长心里就感觉总是空落落的，因为打退休那天起就再也没人给他打过电话了。

没人给庄副县长打电话，庄副县长肯定有些想不通。过去，他在任时，整天的电话可是多得接都接不过来。那时他还极讨厌电话响，不是通知他开会或检查工作或接待上级领导，就是请他去剪彩或指导工作。而更多的还是这个局长请他去喝酒，那个镇长约他去"快乐"。可如今退休了，家里竟然连一声电话铃都未曾响过一回。太现实了，世态炎凉哟。

庄副县长尽管由此憋得慌，但他深信，这是暂时的，总有一天，会有人给他打电话的。果然，有一天晚上，他家的电话铃声骤然响起了。

庄副县长一听，十分惊喜，像触电一样"腾"一声迅速提起话筒，清了清喉咙就问："喂，哪位？"

"请问是庄副县长吗？"

"嗯，我就是。"庄副县长先是装模作样用几声"嗯嗯"鼻音漫应着，但此刻他已高兴得几乎颤抖着声音回答了。

"我是水利局的，我们徐局长请你明天去鸡鸣山水库度假村参加一个活动。具体明早再电话联系。"

"好的。"

接了电话，庄副县长感到一种久未触及的温暖正朝他而来，他激动得那边已挂断了电话,他还握着话筒久久不放下。撂下电话,庄副县长欣慰地笑了,他感觉心情渐渐地舒展了。那一夜,他失眠了。他想,退休都半年了,总算来了一个电话。嗯,这水利局徐局长到底还是自己的老下级啊,这不,虽然自己如今已退了,他还是没有把我这老头忘了。庄副县长想着想着翻身拿起床头柜上电话,放在耳边自言自语揣摸起自己的声音来,他生怕每一句话是否会让人觉得陌生又别扭。

翌日,庄副县长早早起床,洗漱以后就在家里静静地等着徐局长来招他。等着等着,徐局长就是没来电话。庄副县长想,或许是临时有急事要办。于是,他便打开电视机,可是,很多频道挑来挑去就是一点也看不进去。此刻,他哪有心思去看节目,他的眼睛更多的是尽往电话机那里呆痴痴地望……

眼看就到中午下班的时间了,还是迟迟不见徐局长给他打电话。电话没打过来,庄副县长的心里便有些烦躁不安。他老伴问他中午是否在家吃饭,他还不耐烦地冲她发起脾气。他坐不住了,便干脆起身在客厅里来回踱转着圈。但随即他又烦慌地坐了下来。他嘀咕着是不是试图给徐局长打个电话问一问。但一回想,这个电话他决不能打。自己虽然退了,毕竟曾经当过他的领导,给他打电话多没面子。想当年,谁要请他还得预约还不知要催多少次呢。

于是,庄副县长就这样在家耐心等着来电。他相信,徐局长一定会给他打电话的。

然而,过了晌午,徐局长的电话就是没有打过来。而他家的电话铃也始终没响过。

徐局长没有打电话过来,庄副县长的脸色又晴转阴了。他只能在家里闷闷地跟老伴吃午饭。吃饭时,他鼻子一酸,眼里还差点泛出了泪。

庄副县长虽然退休了,可思维一点不迟钝。吃完午饭,他似乎品出了味来,感觉这肯定给糊弄了。踌躇片刻,他气愤地提起话筒按照昨天的来电打了个回拨,话筒里昨天那个给他打电话的年轻人告诉他,一大早,徐局长跟庄副县长坐车出去了。

庄副县长一听,脸上的肌肉明显抽搐了一下。尽管心里十分不好受,但还是很快恢复过来,摆出一副很大度的样子说:"我就是庄副县长呀。"

"我知道,我听得出你的声音。"顿了一下,年轻人淡淡地说,"对不起,昨天电话是我打错了,徐局长让我请的是现任的……"说完,"啪"的一声电话挂断了……

撂下电话,庄副县长不禁喟然长叹:"唉,这年头真现实,我都一般老百姓了,还干吗犯这个傻呢。"说完,拍了拍脑袋。

陪领导摔倒一下

　　局长的秘书调办公室当主任去了。目前,局里最有可能接替这个位子的当然是秘书科的两位年轻干事。论学历,两位干事都是名牌大学出来的;谈工作都还兢兢业业;对领导也一样的毕恭毕敬。该选谁呢?局长为此伤透了脑筋,一时犹豫不决。

　　两位干事得知成了秘书人选,自然都在期待局长的恩泽能降临自己的头上。终于在一个周末中午,局长一个电话把他们叫到县城最高级的"大富豪"酒店"玫瑰房"。局长中午要请他们吃一顿,局长说:"咱们今天痛快些,就先来两瓶五粮液。"

　　席间,两位干事谁都没少向局长敬酒。局长本来很海量,但终究还是招架不住两年轻人的轮番进攻。两瓶酒喝完时,尽管局长已经有点不能自已了,可他满嘴喷着唾沫星子还嚷着再来几瓶啤酒,说是"漱漱口"。两位干事不好推辞,只好继续奉陪,于是又开始一番轮敬,直喝到局长脖子上青筋暴涨、两眼发直、说话摇头晃脑。不知不觉桌脚下已排列了十几个啤酒瓶。当局长把最后一杯啤酒倒入嘴里时,实在无法再咽下去了,酒从他的嘴里喷了出来,但局长心里还清醒,局长说:"咱们……今……天就……喝到……这吧。"说着,局长向服务员要来款单,在背面签了字后,起身离座,两位干事跟着站起,簇拥着他走出"玫瑰房"。

　　当他们穿过走廊,来到大厅时,外面正淅淅沥沥下着雨。

毕竟是高级酒店,大理石地板就光滑得像镜子一样,能照出人影,这会儿还可以容纳下很多行人进来躲雨。这时,局长有点挺不住了,他的确是醉了,走起路来摇摇晃晃的,几次险些要倒下去。他醉醺醺地对两位干事说:"头昏沉沉的,是腾云驾雾的感觉呢。"

两位干事一听急了,坚持要扶着他走,可局长却怒了:"要我在此丢人现眼吗,啊?我没醉!"正说着,局长就一个趔趄,脚下一滑,"轰"的一声重重地摔倒在地板上。

局长艰难地爬起来时,醉意似乎醒了很多,他低着头朝四周梭巡了一回, 发觉挤在大厅里躲雨的人们的目光正不约而同向他聚焦,还隐约听到有人在嘻嘻窃笑着,本来已经通红的脸更火辣辣起来,他觉得在众目睽睽之下跌了,太丢脸子了,说不定此刻大厅里有人认识他呢。

正跟在局长后面的小马忙不迭地上前搀住局长的胳膊,关切地说:"局长,您喝醉了,您慢走。"

小马这一说,弄得局长更加尴尬起来,立即沉下脸,一甩胳膊羞怒地悄声斥责小马:"谁喝醉了,啊,我哪醉。"说着,鼻子里还"哼"了一声。小马愣了,半天没醒过神来。

旁边的小林皱了皱眉头,急忙凑近局长。然后,不屑地转身对小马说:"你说啥呢?头儿哪有醉,再喝一瓶也没事。只是这地板太滑了。"

小林这一句话,就使局长脸色猛然间好看了很多。他朝小林满意地点了点头:"就是嘛,是地板太滑嘛。"

局长说完,继续晃晃悠悠地朝大门方向走去。走不多远,便看到面前有一片水渍, 一片可能是跑进大厅里躲雨的路人带进来的水渍。局长和小马小心翼翼地绕了过去。小林却没

有，反而瞪圆了眼睛，那神情如同哥伦布发现新大陆一样，只见他略一踌躇，一个箭步就蹿了过去，谁知这一蹿，脚下一滑，"轰"一声也摔倒在地上，比局长摔得还重。要不是局长回转身扶他，小林根本无法爬起，因为他扭伤了脚脖筋。小林架着局长肩臂一拐一拐走着时，故意地大骂一声："这鸟地板，真伊母个滑！"

局长听后，一种感激的情绪迅即溢上脸面，他频频对小林说："是是是，这地板太滑了！"局长明白，小林这都是为"漂白"他在公共场所的醉而奋不顾身的"摔倒"。

不久，尘埃落定，小林被调到局长身边。

提 拔

　　局里最近退了两位到龄领导，按职数退了两位就得有两位顶上。已经当了十多年普通干部的梁甲东比了比别人，又对了对自己，高兴地对他女人说："看来这回该轮到我上了。"

　　他女人听后高兴地小声问："是不是领导跟你谈了？"

　　梁甲东回答："那倒没有，我这是瞎子吃馄饨，心中有数呗！"

　　他女人叹了口气说："我可没数，还记得你提股长时，领导说你太年轻，资历浅，来日方长。第二次提，领导说，关键时刻要经得起考验，别跟人争了。第三次提，领导说，让老同志喝汤，你们年轻人吃肉，心里总不是滋味吧，结果眼睁睁看着到手的机会让给了'小溜马'，事后组织部门说了才知道，那'小溜马'，原来是领导把兄弟的儿子。第四次提，领导给你吹风说，组织上正考虑你的问题，可结果……而这次，唉，不知领导又会怎么说呢……"

　　梁甲东听着听着好像被泼了一身冷水，一时六神无主，如热锅上的蚂蚁。他想，自己的年龄一眨眼也会到退的时候，这次再不去争取，日后机会可是很少。他急切地问："那，你说该怎么办呢？"

　　"说你行，你就行，不行也行；说你不行，你就不行，行也不行。总之，领导一句话，比什么都顶用。"

　　"你的意思是……"

　　"你得抓紧跟领导套套近乎了。我们家的祖坟没做在官地，我们又不想吃大碗的，只要领导对我们做顺理成章的事，不要节外生枝就谢天谢地了。"

他女人的话让梁甲东茅塞顿开。梁甲东想，没错，是应该到领导家走走，摸摸底，同时搞点感情投资了。俗话不是说，不跑不送原地不动、勤跑勤送提拔重用吗？

可领导家住哪呢？总不能提着东西到处问吧。想来想去，活人总算没让尿憋死，领导下班不是要回家嘛，跟在后面，不就知道了吗？

然而，跟了几天，却一无所获。因为领导太忙，十天有九天在外面吃。梁甲东感到黔驴技穷，便回去请教他女人。他女人说，甭着急，慢慢来，领导总要回家的嘛。

没法，梁甲东只好继续当领导的跟屁虫。这天下午，梁甲东听见领导在电话里辞掉了好几摊宴请，心想，看来领导今天一定要回家了。然而，下班铃响了，领导还不走，梁甲东便先假装着埋头整理材料地等着。少顷，领导终于哼着小曲要走了，梁甲东便悄悄跟了出去。

一路上，领导干吗只走小路不走大路呢？梁甲东正纳闷……领导已在一间房屋前停下来，只见他环顾了一下四周，然后掏出钥匙，对着锁孔便捅了进去……

梁甲东赶忙大步上前，正要跟领导打招呼，却听见房里面有个操外地口音的娇滴滴的女人声音："老鬼，怎么才来呀，人家都急死了。"

梁甲东感到很耳熟，循声一看，咦，这不是单位前不久聘用的余小花吗？唉，真不巧，别人在场，有些话就不好跟领导说了。梁甲东正想转身离开，可是已来不及了。此刻领导与余小花都盯着他看，目光怪怪的，好像他是外星球来的人一样。

正尴尬间，只听余小花"扑哧"地一笑，热情地邀梁甲东一起进去坐坐。原来这是余小花租的房。

梁甲东顿感头晕目眩，赶紧说："不了，不了。"边说边跟做了贼似的小跑着溜了。

梁甲东回到家跟他女人一说，两人半天无语。

翌日一早，梁甲东一上班，领导就一脸严肃地迎上来，劈头盖脸冲着他就是一句硬邦邦的话："老梁，你是不是脑子出问题了？"

梁甲东一见领导这气势，心里一紧，又出了一身冷汗，心想，糟了，从今往后我就是小媳妇了。只见领导接着说："最近局里正在物色几个要提拔的副科干部，你股级几年了？怎么没见你吱一声。听着，回头立马给我写一份你的简历来，我给你推一推。"顿了一下，领导拿腔提调地说，"老梁呀，记住，有些事情不主动是不行的。不主动就说明你不积极进取，就是骄傲，知道吗？"见梁甲东低着头沉默不语，领导走过来拍拍他的肩膀又说，"老梁呀，干什么事都要三思而行，有些事情还要特别注意对自己、对别人造成的得失影响。反正你看着办吧！"说罢，领导背着手从梁甲东面前走了过去。

梁甲东看到，早上的太阳罩在领导身上，将领导的影子拉得长长的，同时也已注入了自己的心田。

不久，梁甲东双喜临门，被提了科级的同时，领导还将他调到身边当秘书。这对梁甲东来说，实在是难以置信，因为他……

你干吗呀你，还请领导做媒

局长退休，新局长到任。来了新局长，林博美就想拜他当靠山。

可从哪着手呢？一天晚上，林博美终于眉头一皱，计上心头，拎起早已备好的两条"中华"烟和两瓶"茅台"酒，摁响了新任局长家的门铃。

"我是来请您……做……媒的。"

局长一听愣了，怔怔地注视了林博美好一会儿。心想，这可是他当领导以来从没碰到过的新鲜事，而且还是件好事情。于是不由得来了兴致，笑眯眯地把林博美让进屋里："小林，别害臊，坐下慢慢说。"

"说来您可别笑话我，我爱上咱们单位的打字员丽娜，朝思暮想，可又不好意思跟她说。我想，您贵为我们的领导，德高望重，就斗胆请您为我牵线搭桥……"

"那丽娜平时对你怎样呢？"

"应该不是很反感。"

"那行，这事儿我给你问问，不过，我可是第一次做红娘，不成的话你可别当回事呀。"

林博美一听，读出了局长非常乐意帮他的态度。一直在跳的心随之平静了，他很高兴，仿佛他在这个时代中生活的步伐将迈出一大步。接下来局长和林博美在轻松的气氛下拉起家常谈起工作，关系一时间随之近了许多。临走，尽管局长不肯收林博美的礼物，但林博美还是固执地留下了。那晚林博美简直高兴得嘴唇抖动了一晚都说不出半句话来。

翌日一早上班，局长就把丽娜叫到办公室，很慈祥地问了问最近的工作情况，然后就直接切入正题："丽娜，你年纪也不小了吧，该到谈婚论嫁的年龄了。"顿了一下，局长问，"谈对象了没有？"

丽娜一听，心怦然而跳，红着粉腮轻轻地摇了摇头。

"这是你的私事，我呢本不该太多过问的，可又不能不管，给你介绍个对象如何？"

丽娜低着头，双手反复捏搓着衣襟："局长您工作那么忙……"

"不忙不忙，这点时间还是有的。你看工会的林博美如何？这小伙要学历有学历要能力有能力，人也老实，模样也算可以，条件还真不错，你觉得怎样？"

丽娜羞涩地笑笑，满面绯红，一副矜持的样子。

局长一看有戏，就果断地说："看来你对他印象还是不错。这样吧，你在这儿等着，我这就让他来，你们先见见。"说着局长拨了个电话就把林博美叫来，"你们谈，我出去转转……"然后笑呵呵地走了。林博美感动得差点儿淌下眼泪来。

局长一走，他办公室里发生的事情，他怕是做梦也不会想到。只见林博美把门闩好，便迫不及待转身赴向坐在沙发上的丽娜，伸开胳膊就把她甜蜜地搂在怀里，美滋滋地又亲又摸起来。

丽娜嗔怒地推开他："你干吗呀你，还请领导做媒。"

林博美狡黠地笑了笑说："你不懂，你迟早会知道的。我们两个月后就举行婚礼,就请局长证婚好了。如此一来,局长是我们的'红娘',顺理成章就是我们的'后台',我们就有'靠山',前途就一定会无限光明!"

丽娜眼里含笑看了林博美一眼:"你小子,比鬼还精!"说着,一阵雨点般的拳头轻轻落到林博美身上,同时心里竟生出了几分幸福的感觉。

仿佛一切都从这天开始,很快他们公开了恋爱关系。两个月后,在局长的主持下,他们如愿完婚。没半年,林博美还被提到办公室当了副主任。这令单位里不少人张大口差点合不上,眼珠子瞪过了头差点没掉出来。人们纳闷,究竟这林博美有什么背景?跟局长又是什么关系?局长怎么一直关照着他?不可思议,林博美啊还真有能耐呢。

动　机

办公室的风气历来就这样：忙的忙死，闲的闲死。你这边连抄带写忙得撒泡尿都没空，他那边喝茶嗑瓜子闲得没话找话说。

你瞧，这边小刘胃疼得用拳头压着痛点还在赶材料呢。其实，小刘满可以赖在家里休息的，像别人一样，身体一不舒服就在家里睡上十天半个月，反正工资照领。可小刘没有把他的胃病当回事，何况他是老胃病户，他想现在世界上有百分之七十的人都患胃病，假如这百分之七十的人都休息，那地球不停才怪。他认为上班吃几片"胃仙 U"，下班打打针就行了，所以他没待在家里，而是继续坚持上班。

同事们看在眼里、疼在心头。开始倒有很多人关切劝他应该回家休息，可小刘每次总是笑笑地说："没什么没什么，老毛病了，吃点药就行。"同事们颇受感动，都称赞小刘这种精神可嘉，真难得，值得学习。

小刘带病坚持工作的事很快让领导知道了，领导专门来到办公室，先是严厉训斥办公室主任，让他找人接手小刘的工作，然后既批评又关心地对小刘说："不能硬撑，立即回家，好好休息，或者上医院看医生。"

小刘腼腆地对领导说："这点小病，我可以坚持。"说着又用拳头压住痛点……

打这事以后,领导进一步加深对小刘的印象了。有一次,在机关"三个代表"学习会上还认认真真地给表扬了一番,准备把他作为实践"三个代表"典型人物进行宣传,还准备把小刘作为苗子加以培养。对领导的表扬,小刘丝毫没有半点儿骄傲自满。尽管胃病常常三天两头隐隐发作,但他只是把领导的关心作为动力和实实在在实践"三个代表"的具体行动,仍然坚持带病上班,而且更加勤奋了。

终于,有人抽完烟后喝着茶对小刘的带病坚持工作开始主观臆想地瞎猜了。有人说,小刘"轻伤不下火线",这状态还不是要让我们知道,年底评先选优时别忘了投他一票;有的人说,事情没这么简单吧,一定是作个秀给领导看看,留个好印象;也有的人说,小刘有病不好好待在家里休息,这是图个啥,办公室的"写手"又不只他一个,真是不可理解。尽管大家对小刘叽叽咕咕地讨论了一番,但仍然没有找到一道标准的题解。

这时,自然有人提出一个更深更复杂问题:小刘可是个有头脑的人,他不是白痴,这后面一定隐藏着某种不可告人的目的。这个新鲜问题一提出,大家又自然立即进行认真分析。通过左右前后扩线讨论,最后,大家豁然开朗:小刘这带病坚持工作的举动的确是冲着捞政治资本来的,这是以小人之心度君子之腹,太虚伪了,我们上当了。

很快,大家的讨论被领导获悉了。

领导仔细想了一下,觉得同志们说的不无道理。心想,按道理,胃病疼得难受时,啥事都做不了。领导还跟自己比较了一下,自己有一次喝多了酒,呕得胆汁都出来,还不是在家里睡了一个礼拜。何况是胃病,这胃病是会痛得叫人全身麻木的。小刘这动机不正常,没错,看来这小子真是别有用心的,大有欺骗组织的行为。领导想了又想，决定尊重群众意见，把小刘的事暂时撂下来，再考察一段时间。

小刘知道了，深感莫名其妙。领导和同志们对他带病工作干吗打了个令人难受的问号。他很气恼，写材料是他分内的事，带病工作是他自己愿意干的，干吗说到上纲上线。勤奋点就是有动机？本来只是隐隐作痛的胃病，经这么一刺激，终于大发作了，痛得冷汗直冒，几乎要倒地打滚。不过，小刘依然没上医院，只是在家里躺了几天。

于是，有人很敏感，又对他产生了看法："哎，你们瞧瞧，这'官'一没提，就躺在家里装病闹情绪了，唉……"

鱼　饵

　　每天下了班,李局长哪都不去,除了一头扎在家看电视,就是帮爱人做做家务。

　　这天,李局长到医院看望患了不治之症的财务科方科长回来,刚落座,门铃就响了,对门邻居、也就是他局里办公室干事老张,手拎两条活鱼站在门外:"李局,这是我自己钓的。"说着,一边笑嘻嘻走了进来。

　　李局长先是一愣:"老伙计,你还会钓鱼啊?"

　　"嘻嘻,学着钓呗,世上无难事嘛,嘻嘻。"

　　过了两天,老张又送来两条斤把重的鲤鱼:"嘻嘻,李局长,今天丰收,钓得多,我全都送咱们食堂去了。改善改善那些单身哥们的生活,就留下三、五条,给你送两条尝尝鲜。"

　　李局长很难为情:"老张,老是送鱼,这怎么行呢……"

　　"怎么不行,反正是自己钓的。"老张随随便便地说着,然后放下鱼就走。

　　此后,老张隔三岔五就来送一次鱼,每次总是笑容可掬地说着那句"反正是自己钓的……"老话,有时还添上一两句,"淡水鱼营养多。"然后放下鱼就走,习惯而且自然。

　　终于有一天,老张突然改变了习惯,没有放下鱼就走,只见他堆上一脸媚笑,笑嘻嘻地走近李局长身边,偎得很近地对正在拖地板的李局长说:"局长,您说我这人怎么样?"

李局长随便应了一句："可以呀,同志们对你的评价不错呀……嗳,老张,谈谈你的'钓功',教教我。"

老张说:"一时半晌说不准的,找个时间一起去钓吧。"顿了一下,老张接着说,"李局长,我跟随你多年了,财务科长那位子也空了很久了,是不是……再说我也是副科级干事。"

李局长感到太突然了,因为没有丝毫思想准备,几乎不加思索就直言相告:"老科长还没去世,局里事又多,没来得及研究这事。"

"嘻嘻,该研究了,这人选问题不解决……"老张不大的眼睛里,燃烧着期望。他正想把话说到底,偏偏就在这时候,有人来敲门。老张显得有些扫兴地忙去开门。接着,李局长只听见一个男子兴奋的声音:"哟,我还以为敲错门呢。张兄,刚才多找了你 10 元,这大鲤鱼一斤是 12 元,3 斤应该是 36 元,对不,你给 50 元,我却找给你 24 元……"

"好,好好。"老张的声音依然不失沉着,依然笑嘻嘻连声道,"明天再说,明天再说。"

此刻,李局长心颤了一下,终于恍然大悟,一种被欺骗的感觉使他自己反而陷入窘境,倒有点儿不知所措起来。好在这时,老张也没了那种心情,悄悄地随手带上门走了。至于他的"钓功",老张自然一直没有告诉李局长。

虚　惊

有一个烦恼昨天纠缠得老李吃不好饭睡不好觉，他的记事本丢了。根据回忆，这个记事本里恰恰有一页是不能公示于众的，因为这一页上面写着"三讲"教育时他对领导提的几点意见初稿。老李想，如果让同事们看到，日后他还能在单位里站住脚么？天地良心，老李也不是想故意向他们"开炮"，这只不过是"三讲"教育期间，上面要求单位每人都向领导提意见才这么做的。唉，老李骂起自己，如果处世做事不这么认真，那天随便在意见表上填上几条，今日就没有这件头痛的事了。可是，眼前，它毕竟不翼而飞了，"飞"了就意味着将会有人捡到，一想及此，老李当然是睡不好觉吃不好饭了。

翌日早晨，被折磨了一夜的老李便面色萎黄，如病在身。上班时，当他心事重重地走进科里，就碰到科里的快嘴小李刚好提着热水瓶往外走："怎么了，老李，昨晚没睡好吧？"糟，会不会让这小子捡到。这小子一向口没遮拦，凡事想说就说，假如真让他捡到本子，大肆宣扬便不会少得了。想着想着，老李虚汗直冒，看来，在同事眼里有着为人厚道老实、谦虚谨慎美名的我，这回可能就因为一时疏忽将全部美名给断送了。但这些老李不怕，他怕的是日后人们会把他看成什么。一个丑陋之人，一个虚伪之士，一个无聊之辈，一个狡猾之徒？

老李闷闷地坐到那张属于他的椅子上，茫然无措地开始在他的办公台的抽屉上翻腾起来,他想,就是有一丝丝希望,他也要竭尽全力搜寻到这个本子。然而,他还是没有找到,他只觉得周围许多哂笑不屑的目光正在盯着他。

"哎老李,听说了没有,科长要调走了,是'三讲'整改走的。"邻桌大陈朝他说话。老李这一听又吓了一跳,这不是分明整弄我吧。他偷偷环视了一下同事们,个个是默默无言的,气氛较之往常又大不相同,就连向他发话的大陈,今天口气好像也客气了很多。老李更加紧张起来了,局促地低着头装着搜寻什么材料似的。

"哎,差点忘了,昨天中午,'三讲'督查组的同志在食堂不知跟谁说,我们秘书科向领导提的整改意见最中肯,有一张意见表填得可谓范文呢。"这时小张发话了。这干吗呢,话题老是围绕着"三讲"?老李恨不得天能马上塌下来,使他可以听不到这些话。但是,你不听,可总得要坐在这里工作呀,要工作,就免不了听到这些话。都怪自己那么负责任,老李呀老李,你这下可伟大了,成大英雄了。

见没人接应刚才小张的那条"消息",半晌都静静的,老李又感觉到这气氛真与往常不一样,像往常,人们定会七嘴八舌地绕着一句话议论开的,可今天倏然而逝。老李越想越不对劲,他开始觉得头疼胸闷,恍恍惚惚起来,终于颓然地把头埋在办公台上。

"不好,老李昏倒了。"同事们发觉后立即围了上来,有的摸他的额头,有的在给他把脉,有的忙着给他倒开水,科室顷刻一片慌乱。这时,科长刚好进来,见状,即刻焦急拨起行政科电话,要了部中巴。当人们七脚八手准备将老李扶出科室的时候,老李办公台上的电话骤然响起,接电话的人告诉老李,电话是值班室打来的,称有一小学生在路上捡到一个本子,按照本子上的单位和姓名,寻上门给他送回来了。

老李最后还是上了那辆科长要来的中巴车去了医院。而且在医院一住就是个把月。因为他始终想不出本子究竟是在哪里丢的,他为什么这样不小心。

是　非

　　方副镇长刚躺上按摩床,三个民警就破门而入,像神兵从天
而降一样。人证俱获,理由是按摩小姐超短裙子里面没着裤衩,
在这地方,双方的动机可想而知。

　　这事翌日很快就成了这小镇的头条新闻,新闻自然是说方
副镇长去"快乐谷"按摩,正要跟小姐干那事就被逮了。此外,更
要命的还有节骨眼上的问题,组织部门这阵子正在考察方副镇
长呢。这下,唉!

　　小镇里的人们不会怀疑,方副镇长这次肯定栽了。这明显是
有人在做方副镇长的"世界"。可不,那天下午,方副镇长一行几
人到一家企业了解情况,由于时间晚了,这家企业的领导老于硬
要留他们几个吃顿工作餐,席间还喝了点酒。本来喝完酒就该各
自打道回府,可老于硬要把他们请到这"快乐谷"来快乐一下。

　　于是,老于当然成为大家最大的疑点。

　　老于这人谁都清楚,性偏,平时常要因一些小事与人计较。
听说不久前,他那个在镇政府打杂工的表亲被辞退了,他一定耿
耿于怀呢。大家越琢磨越觉得一定是老于做的"手脚"。

　　虽然谁都没明说,但老于还是觉得来自周围的眼光都布满
敌意和漠视。从此以后,每每镇政府有谁下到老于的那个企业办
事,完事以后谁都想马上告辞,都像防"非典"病人似的防着他。

　　其实,老于心里明白,很想找个机会澄清一下不白之冤,可

他不敢，他知道，有些事情是会越说越糊涂的，不说总比说了更好。而且，他清楚可能是谁干的，那天在"快乐谷"门口下车时，他不经意就瞅见某某某刚好路过，他不想卷进这些当"官"们的是非中。

一天晚上，老于去看望打这件事以后一直因"病"住院的方副镇长。方副镇长见老于提着一筐水果进来，只是淡淡地说了声"你没必要破费了"。说完，一言不发只顾看着电视。老于只好尴尬地离开了病房。

过了一段时间，镇长因工作变动调走了。但谁都没想到，方副镇长顶了上来，暂时负责镇政府全面工作。就在组织部门下来宣布的翌日，原来群众说得最多、呼声最高的镇党委林副书记却一下子"病"了。

一天早上，老于正在打太极拳，方副镇长来到他家，手里还拎着一包东西。老于先是一怔，继而淡淡地说："方副镇长，你破费了。"说着，继续专注地打着他的"七十二式"。

然而，方副镇长并不介意，站在旁边对老于说："我知道你是老实人，那事绝不是你干的。"顿了一下，方副镇长继续对老于说，"发展工业是咱们镇的重中之重，镇'工业办'正缺个负责人，老于你调上来干吧。"说完很知己地笑了一下。

老于最终没有调去当那个"工业办"的负责人。因为几天后，他打报告要求提前退休了。递上报告的那天，老于什么都不管就回乡下老家去了，听说去打理他承包的那片荔枝树，从此也一直没回过城里一次。

解　释

海
殇

　　老洪一早上班,刚踏进镇政府大院,就发现镇长办公室门前有一大堆脏东西,看样子是人昨晚酒后的呕吐物。老洪是个讲卫生又爱干净的人,平时里就勤手勤脚的,这会儿见了那堆东西心里就一阵翻江倒海的恶心。本来老洪蛮可以视而不见的,因为他办公的地方离此还有一段距离,但老洪觉得那东西堆在那里实在有些不好,待会镇长见了,岂不影响他的工作情绪。老洪抬头看了看时而经过的其他人,然而没一个有将这堆东西扫掉的意思。老洪想了想,于是便回办公室拿了扫帚和水桶。

　　老洪很认真地清扫那堆呕吐物时,上班的人越来越多了。经过镇长办公室门口的同事们都将目光递了过来,朝他笑了笑。老洪开始没怎么在意,但当他提起水桶想去打水时,他感觉到人们的目光有些异常,很有些意思,有几个还停在不远处瞅着他嘴里说着什么。此刻,老洪方才恍然大悟,大家一定把这堆东西当作是他吐的了。老洪想停下手里的活向大家解释一下,但转念一想,这点小事,没必要解释,说了也没多少意思。

　　这堆东西的确不是老洪吐的,老洪见了便打扫只是觉得不顺眼,如此而已。他想不到事情却朝他来了。大约半小时,镇长一上班就一个电话把他叫去。

　　镇长很严肃地对他说:"老洪呀,你竞争上岗的笔试成绩很好,但还没经过民意测验和考察这几个关啊,这你是知道的,这节骨眼的时刻,你是应该严格要求自己,特别是在一些没必要的小事情上更马虎不得。"

老洪听了打心里感激镇长对他如此关心,于是迭声说:"是的是的。"

镇长喝了口茶,接着说:"像刚才的事,你更应该注意,当然,事不大,可大家会有另外看法的。在外头喝酒谁都管不了你,可你干吗偏偏跑回单位吐呢?"镇长一边说,一边扔给老洪一支"中华"烟。

老洪一听,接烟的手便停在半空中,他明白了领导叫他来的意思。忙说:"那堆东西不是我吐的。"他觉得这事有些委屈他了,他还想接着向镇长作解释。

镇长这时却笑了笑,走过来捡起掉地上的烟,递给他:"瞧你,我也没怎么批评你,你就急了。这事也不是什么大事嘛,主要是竞岗的事还没完全定下来,对你不利。再说,一上班,你也能做到及时打扫了。我只是对你敲敲警钟,要求你以后在一些小节上注意点而已。"镇长说这些话时,一直笑眯眯的,的确没有一点批评的意思。

然而,老洪还是想把这事解释清楚,但越解释却越糊涂。最后,镇长脸色似乎有点变了,镇长对老洪说:"老洪呀,问题就在此,既然不是你吐的,你干吗一大早就主动去打扫。我认为,你打扫了,就说明一定是你吐的……"

打这以后几天,老洪一直想着那堆呕吐物,心情总被那堆东西弄得乱糟糟的。老洪想,这事虽然不是什么大事,但是与不是之间的问题没弄清,至少对他的名声有影响。于是,老洪天天都去找镇长,想将这事说清楚,但镇长每次总是一副不耐烦的样子。镇长说:"这事也不追究你什么,你还有什么可以说的。是你吐的,不是你吐的,这都是过去的事情了,有必要再作解释吗?你呀真像女人,婆婆妈妈的。"

　　事情没能弄清,反把心情搞坏了。镇长不会给他澄清的余地了,老洪只好自认白背了黑锅。他越想心里的那股子气就越不顺畅。在无可辩驳的情况下,老洪想,只好自己找机会把这股憋着的委屈倾诉出来。

　　这天夜里,朋友拽拖抱拉把心情不好的老洪请到镇政府大院门前的排档消夜。老洪开头不去,后来一想,这可是时机来了。席间,老洪故意一杯杯把酒往喉咙里灌,直喝得嘴角阵阵抽搐,额头上沁出许多汗珠。朋友见状制止他,老洪双眼圆睁朝朋友发起火:"我必须要醉!"只见他一边饮酒,一边痛苦地嘤嚅着,"太冤枉我了,太冤枉我了。"弄得朋友莫名其妙起来。

　　突然,老洪起身踉踉跄跄往镇政府走去,直走到镇长办公室前,抓住门框狂吐起来。老洪呕得内脏翻江倒海,呕得双眼眩晕四肢发软,呕得瘫在地上。

　　随后赶来的朋友把他搀扶起来,轻拍着他的后背说:"你不应该这样喝酒。"朋友正说着,老洪又"哇……"的一声吐起来。这回他满脸挂着泪水和透明的鼻涕,口里吐着黏糊糊的苦水和酸水,断断续续说:"我实在受不了啦,我难过呀,我知道会这样呕,可我心里好受呀、舒服啊。"

　　朋友当然不明白老洪说的是醉话还是实话,但老洪自己心里清楚,压在他心里好些天的委屈似乎此刻正随着他的呕吐变舒坦了。

这人还真不可貌相啊

　　袁镇长会看相。袁镇长看相是自学的，他的看相术师古法而不拘于古法，很特别。比如对当领导干部的人的相貌特征的判断，他便有异于古法。他说肚腩的大小就基本足以决定一个人分量的大小，地位的大小，职权的大小。

　　这天临近中午，袁镇长正在他的办公室喝茶看报，镇党政办干事小张急匆匆跑来报告，说来了一位怀着个小山包似的肚腩的领导，看样子好像是下来暗访的。

　　袁镇长一听忙去迎接，远远见来人肥头大耳、丰腴饱满，威风凛凛地夹着一只黑色公文包，尤其是那凸得厉害的肚子煞是明显。以他看相的理论推断，至少应该是个县级领导。但袁镇长看了觉得又很面熟，只是一时想不起来。反正和蔡书记、林县长、蔡主席、叶常委等等都有些相似，脸上鼓着一朵大大方方的笑花。就是不能确定是哪一位而已。反正不管是谁，来的都是客，凭这副白齿厚唇，活脱脱一尊弥勒佛样长相，一定是上级领导无疑。

　　于是，袁镇长远远就伸出热情的双手，恭恭敬敬迎了上去。可是他怎么也想不起来人究竟是哪位领导，所以对职务称呼也只好含糊过去了。将领导请进会客室后，袁镇长亲自为领导泡上了一杯茶。端茶过去时，却见领导心不在焉。袁镇长想，也许领导是饿了，于是便立即吩咐小张通知厨房以最快速度摆上一桌酒席，先为领导接风洗尘。

袁镇长说得唾沫星子横飞，忙得手脚翻腾，却总是想不清楚来人究竟是哪位领导。心中暗想，待到席上，再慢慢套问吧。

少顷，酒菜备齐。席间，袁镇长从领导诧异的脸色上，不禁对自己手下工作人员的办事效率感到自豪。还在这短短的时间里，拉来几名在政府大院颇负盛名的"酒缸"陪阵，以示隆重之意。"酒缸"们也暗下决心，养兵千日，用兵一时，今天一定要喝出镇威，方不枉袁镇长的一片苦心。

酒过三巡，宾主拉开战场。袁镇长为显示自己和领导站在一个立场，便和素日的酒友成为对立面，对付以镇社会事务办公室主任为首的"酒缸"派。假戏真做，真酒假喝。并使出一嘴黑话、行话，示意将领导灌醉。众"酒缸"轮番开攻。领导则酒到杯干，拳法更是骁勇无比，两瓶白酒下肚，仍面不改色，谈笑自如。

不一会儿，众"酒缸"已是醉意朦胧，东倒西歪了。

这酒一下肚，这血液循环就加速，袁镇长脑子便灵感迸发。他突然想起来了，这不就是人们称为"酒喝东河两岸，拳猜盖世英雄"的刚从市里下来挂职的孙副县长么？怎么自己竟然那么长时间没想起来，真是糊涂到家了。

此刻，袁镇长惶惶然了："孙……县长，您……这……次下来有……什……么指示，我……一定去……办。冬天……下河抓……鱼，夏天……下河抓……蟹，赴汤……蹈火，在所不……辞！"

正好领导打嗝，称呼的那一句没听清楚，后面的话却听得明白。只见他挥了挥手："不麻烦了。我这次来，是听说你们镇有一个专治痛风病的名医，特地来……"

病在领导身上，疼在下属心中。袁镇长一听立马握紧双拳，面色俨然道："孙……县长不……必担心，那……医生我……认识，我……现在就……马上派人去……把他叫来。"

领导这下才听清袁镇长的话，忙举杯说："我不姓孙，也不是县长。"

怎么会搞错呢？袁镇长嗫嚅道："您……是……"

只见领导哈哈大笑了起来："我是瀛江村的渔民，今天到贵镇，主要是替一个朋友前来求医。听说贵镇有一个专治痛风病的民间医生，没想在门口问路就受到贵镇政府如此礼遇，实在令人感动，今后镇长大人若能到瀛江村走走，本人一定加倍报偿。"

袁镇长一听沉甸甸地跌落在椅子上。他感到不可思议：这位"讨海"兄，怎么也长了一副官相？唉，这人还真不可貌相啊。

犯 难

　　"大主任,我在电视上看到你了。"石主任正吃着晚饭,电话响了,是他的一位同学打来的,"你站在'瀛港大酒店'卢老板旁边,还撑了一把伞。"

　　石主任边嚼着嘴里东西边说:"是的,今天上午,我与镇长去参加他酒店的开业庆典,当时太阳太毒辣,于是我就拿伞给他撑上了。"

　　电话那端笑了:"混得真不错,老同学,祝你步步高升,财源广进。"说完就把电话挂断了。

　　石主任摇了摇头,正要撂下话筒,这时手机响了,是一位朋友打来的:"我在电视上看到你了,你什么时候去了'瀛港大酒店',还为那个胖胖的撑伞,呵呵。"

　　一听这个来电的声音有点变调,石主任的情绪霎时陡降,冷冷地说:"你认为有什么不妥吗?这是我这个办公室主任应尽的职责呀。"

　　那位朋友一听连忙解释:"没有没有,我这不是向你问好吗,巴结你吗,你……"

　　没等那个朋友说完,石主任就挂了电话。

　　翌日早上上班,在镇政府大楼大厅,石主任遇见周副镇长,正欲打招呼,没想周副镇长只是干巴巴地望了一眼,便继续走他的路。石主任想,这平时周副镇长可不是这个样子的,每次遇见我，大都是他先向我打招呼的呀。怎么今天……

石主任刚要拐弯上楼梯，在楼梯口又遇到刘委员，忙招呼："刘委员，你好！"

只见刘委员停下脚步，上下扫视了他一下后，点点头说道："祝你'钱'途无量啊。"说完，径直走向自己的办公室。

石主任觉得莫名其妙，正在愣神的当儿，有人拍他的肩膀。石主任回身一看，原来是团委的江书记。江书记说："大主任，一早想什么呢？昨晚我在电视上看到你了，非常风光。中午有空么，请你吃个饭。"

石主任说："不用，待会还有事情。"

江书记说："怎么？又要去'瀛港大酒店'啊？"

石主任到了办公室，两个副主任都还没来。这时，爱开玩笑的打字员小苏走过来说："昨晚，我们大主任上电视啦。嘿，也应该让我们幕后英雄上上电视。主任，你能为老板撑伞，说明我们跟你上酒店打牙祭的日子不长了。"

"放什么臭屁，大清早的。为老板撑伞怎么啦？巴结老板啦？这是我们的工作，是工作，懂吗？"

小苏被石主任这一吼吓得，灰溜溜回他的打字室去了。

石主任刚坐下，两个副主任也先后来了。一进门他们都对石主任说，昨晚他们的家属在电视里看了石主任为老板撑伞的新闻后，把他们都狠狠地贬了一通，说他们跟在领导后面原来就是做这些"太监"的事情，简直丢了家里人的脸。他们要求石主任挺起腰杆子，做一个堂堂正正的办公室主任，需要撑伞就让领导自己撑着，不要像孝子贤孙似的。

面对两位副主任平和的指责，石主任想强调这就是办公室的工作，但还是没有说出口。毕竟他们两个都是资深的副主任,毕竟昨晚自己也受到了妻儿的奚落。就在石主任沉默纳闷的时候，镇长打来电话，要他下午陪同前去一家合资企业走走,同时请县电视台派记者随行录像,争取晚上播报。

石主任一听呆了,心想:这早上天气预报都说了,下午有大到暴雨。那么,下午陪镇长下企业,他还要不要带把伞呢?石主任真犯难了。

海
殇

流氓丈夫

夫妻俩同在一座城市里打工。男人在一家塑料厂干活,女人在一户有钱的人家里当保姆。女人非常珍惜这份来之不易的工作,因为她知道村里出来的好多女人都还没有找到事情做,更何况在这冬天温暖、夏天凉爽的有钱人家里,所以,她没有把自己男人也在这城里打工的事告诉这家主人, 因为她明白城里人的许多担心, 只是偶尔趁主人不在的时候偷偷给男人打个电话说几声。而男人像牢笼里的一只困兽一样,一直被关在厂里做工,日子长了,心里便憋得慌,心里憋得慌就想女人,就侯机逃出来,但就是一直被困着,被困着。

终于,有一天,男人给女人打电话了:"你一个人在家吗?"

"嗯。"

"我想过来看你。"

"不行!"

"我就想看看你!"男人提高了嗓门。

"那怎么行,主人打了招呼不让带人到家里来。"女人说。

"家里不是没有人吗?"

"没人也不行!"女人匆匆地挂上了电话。

翌日,男人又拨通了女人的电话:"你是住 1407 吗?"

"嗯。"

"我就看你一眼。"

"不行,家里有人。"

"我知道家里这时不会有人。我就在你楼下。"

"那也不行。"女人的语气仍然十分坚决。

"我不舒服,好像病了!"

女人听后怔了一下,犹豫片刻,但还是挂断了电话……

少顷,门铃响了,女人以为是谁,便去开门,没想男人一身汗渍已站在门口,女人愣了愣说:"你不能进来!"

男人已经嬉皮笑脸地挤进了门。

"你赶快出去。"女人不安地说。

男人使劲倒咽了一口唾沫,搓着手:"我想你嘛。"

"人家主人马上就要回来了。"女人着急了,不知从哪里来的力气,一把硬将男人推出门外。

"我知道他们白天上班不会回来。你就可怜可怜我吧。"男人一脸讨好又挤了进来。

这下女人真急了:"你再不走我要喊人了!"

"你喊什么喊,我才不管,老子是你男人!"男人这下怒了,声调陡然提高,随后上前拽着女人就往沙发上拖,"笑话,老子的女人老子还不能弄!"说着,男人用嘴堵住女人的嘴,同时伸手便要解开女人的裤子,女人拼命地挣扎着掰开男人粗壮的手。

这时,门"咣"的一声被打开,男主人回家了。此刻他正一脸惊恐地站在门口看着这触目惊心的场面。空气瞬间凝固了,男人和女人呆了。蓦然,男主人似乎明白了什么,立马握紧拳头,然后像头被激怒的雄狮一样冲过来:"抓流氓啊……抓小偷啊……"女人反应过来也跟着呼喊起"抓流氓抓小偷!"

随着,便从楼上楼下涌来一大帮怒不可遏的邻居。男人见状慌乱了,涨红着脸张嘴想说点什么,可他只觉得一阵天旋地转,呆呆站着的他正接受着他们的拳打脚踢。接着 110 的警察来了将他带走……

望着男人捂着流血的鼻子被铐着走入电梯，女人呆若木鸡地傻僵在原地，她不知道该不该上前说些什么，也不知道该做些什么，只知道这一切来得太突然了。此刻她的脑子里一片模糊，心里像是有千万根针扎进去一样。

男主人心有余悸地对女人说："幸亏我回来拿点东西，那流氓没伤着你吧。现在小偷流氓很多，以后要引以为戒，千万不能随便给陌生人开门。"

女人低着头茫茫然地应着……

这一夜，女人失眠了，她心里隐隐作痛，她好想去派出所说点什么，可又怕越说越复杂，越说越说不清……想着下午被警察带走时脸色煞白的丈夫，女人鼻子一酸，眼泪夺眶而出。

有一种爱

　　这天下午，正在办公室赶材料的陈锣湖，突然收到一个陌生号码发来的手机短信："你知道地狱的第十九层是什么吗？"

　　陈锣湖一看觉得有意思，便连忙回复："不知道，第一层都没去过，能告诉我吗？请问尊姓大名？"

　　相逢何必曾相识？有必要知道我的姓名吗？这是我随便用一串号码发过去的，说明我们已有缘分。"陌生号码随即又发来了手机短信。

　　陈锣湖这下真来了兴趣，他把这陌生手机号码仔细看了一遍，发现手机号码的号段是本市的，于是又马上回复过去："可以这么说，请问你是男的还是女的？"

　　"这重要吗？"

　　"既然有缘分就得彼此了解。你说是吗？"

　　"女，23岁，未婚。你呢？"

　　"男，26岁，机关干部，未婚。"陈锣湖也介绍了自己。

　　此刻，陈锣湖的心情特别好，想想也许是撞上桃花运不成。临下班，他便把陌生手机号码用"新领导"三个字存进了电话簿里，同时把下午收发的所有短信全部删掉。他清楚，他女人是个眼里容不得半粒沙子的女人，女人每天晚上有这么一个固定动作，就是喜欢翻看他的手机。要是让她知道他和其他陌生女人互发短信，还谈到了缘分，非把他剁烂了不可。

打这天开始，以前很少发短信的陈锣湖便成了拇指一族，每天都要给那个"新领导"发上十几条短信。"新领导"则是坚持每条必复，且都是些甜蜜的贴心话，或如火的表白，或"才下眉头又上心头"的思暮。奇怪的是，虽然没有约定，每个双休日，"新领导"就自然不会给他发短信。陈锣湖想，如此善解人意，真是太难得了。他不由对"新领导"产生了相见恨晚的感觉。

陈锣湖就这样用短信和"新领导"热火朝天、天昏地暗地谈起了手机恋爱。以致后来，一天不发短信，他就觉得日子特别难熬。还经常有事无事地把手机掏出来，看有没有短信。他女人似乎也注意到了他的变化："你干吗老把手机拿出来看？是不是看有没有哪位小姐给你发短信？"

"不是不是。"陈锣湖连忙说，"我看时间。你又不让我买块表，我就只好看手机上的显示了。"自从和那个"新领导"互发短信后，陈锣湖撒谎的水平也越来越高超了，有时简直不假思索，还脸不红，心不跳。

这天下午，快下班的时候，"新领导"突然发来短信："有一种爱经不起等待。晚九时，瀛江路'左转 90 度'咖啡屋见面。好吗？"

陈锣湖一看高兴得几乎蹦起来。心想，这自然好，你总算上钩了。他马上回复过去答应了下来："不见不散"。接着，陈锣湖立即给家里的女人打电话请假，说晚上单位要为"新领导"接风，就不回去吃饭了，要晚些回来。

当晚，陈锣湖独自在街上随便吃了点东西后便到了"左转90 度"咖啡屋，刚找位置坐下，就收到"新领导"的短信："我十分钟就到，来了跟你打电话。"

等人的时候，时间总是过得很慢，陈锣湖感觉十分钟就像是十个小时。他喝完第二杯咖啡的时候，"新领导"还没来。正想给她打电话,又收到一条短信:"我在门口,你来接我。"

陈锣湖连忙来到咖啡屋门口,一看,脸蓦地烧了起来。他没看到"新领导",却见到自己的女人双手叉腰,怒目而视站在门口。

"咦,怎么你……你……也来了?走,进去陪'新领导'喝咖啡。"

没等陈锣湖说完,他女人已一把拧住他的耳朵:"还'新领导',你还是老老实实跟我走好些,免得在这里丢人现眼!我换张卡,试探你一下,你就成了这副德行。走,回去再跟你算账!"

此刻,陈锣湖呆了。他知道,这一回家,他不被打入地狱第一层才怪呢……

同 情

"老板,要唱什么歌?"正低着头发手机微信的老王嗅到一股香气的同时,身旁突然紧紧贴过来一位小姐,怯瑟瑟问他。

老王听了不觉一愣,怎么搞的,刚才不是说好了不请小姐的,怎么……于是老王没吭声就摇头表示不要。把那位小姐冷冷凉在旁边。

大包厢房虽然弥散着一片黯蓝,然而就借着这点光线,老王还是能看清楚每个人的优雅神情。他环顾了一下,只见局长、副局长此刻正情意绵绵地搂着小姐跳着他认为那是僵尸才跳的三步四步,连司机小张也配置了一个,于是便也低头不语,继续给他的老婆发着微信。

发完微信,老王方才把眼神移到一直矜持地挨着自己的那位小姐身上,一看不禁十分惊异,只见小姐羞涩的脸蛋眉眼清秀俊俏,挺挺的鼻子下挂着一个红杏子似的嘴唇,一头长长的秀发垂在胸前。老王想,这贫穷落后的山区小镇,居然还有这么标致的美人。从年龄和腰身诱人的魅力看,这小姐顶多只有十七八岁,或许还是一个中学生呀。因为她整个身子处处充满稚嫩的天真,还缺少些成熟女人的万种风情。

于是,老王便和小姐聊起来。交谈中,他得知了这小姐叫雪如,今年刚满 17 岁,因家里贫穷以及双亲身体不好,高中只读了一年便辍学,就到这个舞厅做事来了。

老王想想自己的女儿像阳光下的花朵，不禁为身旁这位小女孩深深感到惋惜起来，心酸酸的。他想这么俊俏的一个女孩在如此环境中，能保持多久的洁身自好？想着想着，老王有了一种说不出的失落和难过，同情之心油然而生……

这一夜，老王和这位叫雪如的小姐没唱歌，也不跳舞，只是静静地坐在一隅看着别人唱歌跳舞，偶尔轻啜一口红酒。

临分手，老王对这位叫雪如的小姐说，生活上遇到困难来找他，并把雪如小姐的手机号码写进手机，同时添加了她的微信。他绝无非分之想，他只有一个想法，就是想能不能帮助这位小姐，让她返学或另找一个正当事情去做。

打那夜开始，老王一直为雪如的眼前境况和未来日子担忧，成天眉头紧锁，郁郁寡欢。他时不时给雪如小姐发微信，劝她别在舞厅那地方干，并历数了多少女孩子在这种像狼窝似的娱乐休闲场所的最后种种危害和后果。但是，雪如小姐每次都不以为然，总是以"知道了"、"好啊"、"可以呀"几个词敷衍回复，似乎极不耐烦的意思。

对此，老王十分不满，但并不沮丧，仍然信心十足将帮助她的工作继续下去，每天坚持发几条微信给她，提醒她要时刻注意保重自己。可是雪如小姐还是依然如故地"知道了"、"好啊"着，有时竟然还不回复。有一天，老王帮雪如联系到一家超市当导购员的活儿，便又给她发过去一条微信。

少顷，雪如回复了说："她已死了！"

老王一看不安起来，立马又发了条信息："你说什么？谁死了？"

"是我死了，你别问了。"老王愣住了，心里一阵揪心的疼痛，他立马明白了是怎么回事，不禁痛苦地长叹一声！随后，又继续发微信询问，但这回对方置之不理了。老王很伤心，点上一支烟后又发微信："既然你甘愿沦为风尘女，那我也就不再管了……"

没想到对方居然直接打来手机骂起老王："你王八蛋！你是谁呀，瞧你那鸟样，你还不是只想吃鸡的黄鼠狼。"

老王终于被气昏了头："你骂谁呀，你怎么这么没教养？"

"我没教养怎么啦？你们这些臭男人统统去死吧！"一顿铺天盖地的臭骂从话筒倾泻而出。

老王懵了，拿手机的手不停地颤抖起来。他终于恍然大悟，明白这对他分明是一次耻辱。他的心被雪如小姐刀子般的骂声，一点点地切成了碎片，他感觉很痛，但又能跟谁诉说呢，他只能从鼻孔哼出一句话"是我贱还是她……"同时将手机上雪如小姐的名字狠狠地删掉。

酒后的男人

想起昨晚为一些鸡毛蒜皮的事又与男人争吵了，女人现在感觉是自己不对，女人想，今晚就给男人道歉，消除误会。女人很在乎这个家，于是便发信息给男人，希望他下班早点回家，两人在一起可以多沟通沟通。再说，最近两人都忙，忙得连那事都好久没做了，也应该多交流交流了。

男人读了信息立即致电满口答应了，女人的心情就如小兔在窜，兴奋、幸福的感觉瞬间传遍全身，希望下班时间早点到来。

然而，临下班，女人却接到男人粗声大气的来电，让她到"老车站狗肉店"见一个什么狗屁朋友。电话就如一盆冷若冰霜的水，泼向女人如火的心田，使女人整个人都凉凉的。

女人知道，男人又喝酒了。回想起男人喝酒后不知天高地厚、污言秽语、高声大气的种种表现，女人就深感不安和恶心。

说真的，女人真不想去了，因为这场合男人很"男子汉气概"的，他会不管别人怎么看怎么想，都会像大人在使唤小孩一样，用命令的口吻让她做这做那，也不管你愿意不愿意，想不想干，开不开心，根本不像是夫妻，女人简直就像是他的一个奴隶，不能反抗和表示不满，否则，男人还会不顾及别人在场，和你大吵大闹起来。

女人找了个借口，说还要备课呢，来不了。男人一听就大声嚷:"你……给我马……上过来,备……什么课,我……让你们……校长派车……去接你,要……不就……让你们局长去……请你。"

女人心里愤愤不平的。可想了想,还是算了吧,处理好夫妻关系重要。于是便坐"三轮车"赶到"老车站狗肉店"。一走进了最里面的房间,酒气就扑面而来,同时跃入眼帘的是所有人都在高谈阔论,豪言壮语。男人的脸也已红似猴子屁股,说话语无伦次了,坐已没有坐样,上衣扣子全开着。女人看着只有他男人一人这副模样,巨大的反感立马涌上心头,半天说不出话来。

女人勉为其难地入了坐,男人就开始胡言乱语,说些俩人的隐私,道些不为外人知晓的秘密。女人只能采取惩罚自己式的主动开始和别人喝酒,她无心再看这让人恶心的男人。

女人能喝几两,几小杯下肚还不至于醉,倒是在座的这帮男人很快不成了人样,但还清醒,懂得像蜂子一样灰溜溜走了。而男人此刻却已如死猪一样倒在了地上。女人使出好大的劲才把他扶上"三轮车"回了家。

回到家,倒在床上的男人还在一直大喊大叫,拿着手机猛打电话。女人怕他又说些不该说的话,就过来抢手机,抢了几次也没夺下,还被他踏牛似的踏了几下,女人心中的怨气便到了极点,狠狠地给了男人几个耳光。男人也不还手,只看着她傻笑,接着又打电话。女人就想:这男人真是心烦,好好的要喝什么酒。怎么一喝了酒就不是人了呢?

男人的折腾没完没了,对着手机一个劲地大吼,断了再拨,不通又打。瞧这样子,女人知道管不了,只好抱着被子枕头,到客厅睡去了……

躺在沙发上,女人又睡不着,于是便打开了电视。电视上正在播《动物世界》节目。女人很舒服地看着公狮子用一种差不多就是强暴的方式向母狮子求欢，但又看不出那头无力反抗的母狮子究竟是处于极度的痛苦之中，还是本能地在做着形式上的反抗……女人联想到了男人和自己。

两盒"杜蕾斯 Durex"

男人还在床上睡着,女人要上街去买点东西,便拿了男人的车钥匙,准备开车去。

女人打开车门,习惯地把手提包放在副驾驶座上。这时,她看见有一个印着英文的盒子静静地躺在副驾驶座上。女人像捡起一件稀有珍品般地捡起了这盒子,一看,是英国伦敦的"杜蕾斯 Durex"避孕套!心里立马涌出了一丝冰凉。但女人还是相信眼前这盒套套是不属于他们的,因为自己已经放环,再说男人做那事一直都不喜欢用这东西,这显然是别人的。

可这盒套套,是怎么落到男人车上的呢?

女人坐不住了,扭转身子看看后排座位,简直是惊鸿一瞥,她又在后座上看到了一盒品牌相同的套套。女人眼里立即浮起了水雾,这回她的心怦怦地跳了,手也颤抖了起来。女人心想,昨晚上男人的晚归,一定和这两盒套套有关。昨晚在这辆车上,一定发生了什么震了。女人越这样想就越觉得不对劲,跟着男人一起创业拼搏十多年,从小姑娘变成了老太婆,没有功劳也有苦劳,可男人却背着她在外面偷女人,而且还是在自家的车上,女人想到这里,再也坐不住了,起身跑上楼去,想问男人个究竟,但却停了下来。只见她冷静了一下,就把车子开了出去。

男人睡醒后,觉得胃有些难受,想起昨晚这帮哥们的纠缠,尽管喝酒喝得胃不舒服,但却是男人许久以来最放松的一次喝酒。男人想叫女人煮碗粥和和胃,可叫了几声,就是没听见女人应,于是便起床看了看楼下。车子不在,女人也不在,打女人手机也关着。这让男人觉得有些反常,隔了半小时再打,女人还是关机……

直到下午,男人的手机响了,女人在电话那头哭泣着,嘴巴里含糊不清地说着一些醉话。差不多到傍晚,女人才被男人在一家酒吧里找到。但此刻女人已喝得酩酊大醉。

女人被男人搀扶到家里,立马就吐得昏天黑地。女人吐过后,就一会儿哭,一会儿笑,一会儿问男人什么时候喜欢用套套了?

男人忙着收拾地上的呕吐物,又忙着为女人擦拭、吃醒酒药、灌醒酒茶……到了午夜,女人总算清醒了过来,但还是在流泪。

见女人清醒了,男人便问女人到底是发生了什么事。女人拿出两盒套套给男人看。男人一见,愣了,便问:"你给我看这个干什么?"

女人哭着对男人说:"我也不想干什么,我本想事情过去了就算了,不想再提,可我忍不住,这套套是谁的?我是早上在车里发现的,一盒在前座上,一盒在后座上,是不是因为我老了,你就到外面找女人?"女人说完又抽泣起来,上气不接下气,伤心得像是要断气了。

男人看着女人拿在手里的两盒套套,哭笑不得。白天一天的失踪和晚上的哭闹,原来就是因为这两盒套套。男人忙解释说:"这两盒东西,不就是昨天单位负责计生工作的老张故意往我车上扔的,不信你可以到单位去问,那时大家都看到的。"

艳　遇

　　一路上，张湖东竭力装得平静如常，尽管道路正在拓宽建设，颠簸得很，但他全然不觉，心思全集中在身旁这位临窗坐着的小姐的身上。小姐二十二、三岁的样子，一路上神情黯然，一言不发，心事重重。张湖东想，一定是位被感情世界遗弃的人。他听人说过，艳遇的初始，或许只是一次偶然的意外，但却成就了无限的可能。如果此刻用温暖去抚慰她遍体鳞伤的伤口，艳遇往往就会这样开始。眼前挨着这个孤独的小姐坐着，张湖东的心里就遐想了起来，他想现今社会连拉板车的、收废品的都能碰上艳遇，我张湖东这一次也要设法看看到底别的女人与自己的老婆有什么不同。于是他莫名其妙地开口了："小姐，到哪下车？"

　　"车到哪我到哪。"小姐冷若冰霜，伤感地淡淡回答。

　　"我也一样。"张湖东自顾自地说道，"我看你神色不好，有什么难事？我可以帮你。"张湖东知道，过了县城，再一个小时，就到达终点，如果再不抓紧搭上话，也许就擦肩而过了。

　　小姐没答话，继续望着车外。

　　张湖东心里明白，小姐这是防着他。

　　这时，乘务员拿着票据来到小姐跟前："小姐请交车费，你是省城总站上的，90 元。"

　　小姐俯首含胸说："我一分钱都没，钱包下火车时被偷了。"

张湖东一听不禁心生怜爱,尽管自己也已捉襟见肘,他还是立即向正欲发火的乘务员很绅士般递上车费:"两个人的。"

小姐终于微微地转过身,小巧的鼻子一张一翕地抽动了几下,但神色仍未改变。

张湖东眼馋馋地望着小姐,一副关心的样子:"你也太不小心了。我这里还有150元,可以借给你。"

"谢谢你替我交车费。我无须用钱,我拿钱没用。"小姐说着泪水"刷"地从眼里流了出来。

又是一路无语……

汽车终于到站。下了车,张湖东殷勤地抢着为小姐提东西,小姐就一个提包,提包很轻,里面应该除了几件衣服之外,其他什么也没有。

"你是外地的?"

"嗯。"

"你家住哪?"

"没家。"

"你准备去哪?"

"哪儿也不去。"

看看天色已暗,张湖东说:"要不我先带你去住旅社吧。"小姐没犹豫便跟着张湖东走。这正合张湖东的心意,有小姐信任的目光,此刻的他能不高兴?把小姐安顿好之后,张湖东走出了旅社,他准备先回家看看。没想小姐跟了出来,揪着他的衣领:"你去哪?"

"我出去外面走走就回来。"

"不行,你到哪我就到哪,你不能丢下我一个人走。"小姐说着眼泪"刷"地流了下来,"我看你是个好人,是个有良心的人,我跟定你了。"

张湖东急了:"你在旅社等,先去梳洗一下,我一会就回来。"

小姐说:"不,你到哪我就到哪。我看你不像我那没心没肺的老公,刚结婚就与别的小姐相好,就抛下我不管不问。"

没法,张湖东只好拉着她上了一辆刚好路过的人力三轮车。来到海边,张湖东走路,小姐也紧跟着走路。望着漆黑的天幕,张湖东还真害怕天很快就亮起来,他想,要是让熟人看见被妻儿知道可怎么办?此刻的他背如针刺,真想逃脱了,但折腾了大半个晚上,还是逃脱不了,小姐已像胶漆一样黏着他了……

冯大安的桃花运

冯大安是个诗人,在这个滨海小城,没啥名声。但自从他第二次自费出版一本诗歌结集后, 他办公室的电话铃声倒是跟着响个不停了。当然,多数是一些文学爱好者求教的,这其中自然有许多是年轻女性。冯大安已步入不惑之年,每次听到这电话铃响,自然有些飘飘然,总觉得自己终于是个人物了。

一天上午,他办公室的电话铃又骤然响起:"请问是冯老师吗?我是,一个特崇拜你的外来妹。哎,冯老师,我还以为您就写旧体诗呢,没想您的新诗也写得这么好。能跟您请教请教吗?"电话里的声音很柔婉,听得出是位很有修养且充满魅力的女孩。其实冯大安对这个动听的声音并不陌生,这已是第三次给他打电话了。

冯大安迟疑一下, 答应了:"那就到我办公室吧, 滨海大道中。"

电话里女孩嗔怪地说:"我人生地不熟的, 还是请您到我这儿吧,屋里就我一个……挺方便的。"说着,女孩把住址、姓名都告诉了冯大安。

这么火辣辣的邀请,冯大安以前当然未曾遇过,眼下,着实让他激动了起来。回味着女孩柔柔的声音,冯大安不由对这位未曾谋面的女孩有了一种说不清的渴望欲,当晚,躺在床上辗转反侧、无法睡去。他想象着女孩的容貌,憧憬着能与之编织一张"地下情网"。他明知这愧对爱他爱得一丝不苟的贤惠可爱的妻儿,

但想想，如今这事儿很正常，哪位公众人物没这采"野花"的嗜好。而且不是常说妻不如妾、妾不如偷，是很美妙、很刺激的。

于是，冯大安毫不犹豫了。翌日下午，他精心地打扮了一下自己，然后按照地址，敲响了女孩的房门。

女孩满面娇羞，米黄色的衬衫烘托着她那丰满的胸脯，一开门就撩得冯大安心旌飘摇。落座后，冯大安悄悄打量着女孩，发现女孩长得特粉嫩，嘴唇也比其他女性丰润很多，特性感。他越看心里越欢得紧。

"这房是我租的，最近厂里没活干，闲着就看书。冯老师，看您的诗集，我马上就喜欢上了。"女孩说着把一杯水递给冯大安。

冯大安接过杯子，呷了一口，顺眼环视了一下房里。房间很简陋，没什么摆设，只有几个易拉罐里插着几束小花。但女孩床上还是零零散散放着几本书籍。

"这里就你住？"冯大安刚一开口，就忽感头晕目眩起来。本来精神特别充沛的他随即显得非常疲困甚至有些昏昏然。

女孩见状，一副很慌乱的神情："冯老师，你怎么啦？不舒服？那先躺会儿吧。"说着搀住冯大安躺上床，并为他解开了上衣。

懵懵中，冯大安感觉女孩在使劲地抱着他，亲着他的脸，还摸着他的大腿中间。心里暗喜，这可是干柴遭烈火了，他希望能快快燃烧起来。想着想着，冯大安甜蜜蜜地昏睡了过去……

这时，门忽然被撞开了。两个腰佩警棒的治安队员把他从床上拉了下来。冯大安还在愣神，其中一个满脸胡茬的治安队员虎着脸开口问："你们是什么关系？"

另一个头颅光秃的治安队员绕着此刻一丝不挂的冯大安转了几圈后狡黠地说："不可能是夫妻吧？这大白天的就急着干，跟我们走一趟。"说着，伸手要拽冯大安。

冯大安一见急问："怎么啦？"

"装傻啊！"满脸胡茬的治安队员狠狠回答他。

冯大安神志立马清醒了很多，他发现自己居然光着身子，女孩也只穿着内衣裤。怎么会这样呢？他突感事有蹊跷。反正，绝不能让他们带出屋里，闹出去，孤男寡女裸着身子没干那事，谁信。他哑巴吃黄连只能装出一副可怜巴巴的样子，嗫嗫嚅嚅地向两位治安队员求情："我们什么也没干，放过我们吧，要不，罚点款也好。"

满脸胡茬的治安队员似乎很不耐烦："要买我们啊，不行，得走一趟。"

冯大安见此举无效，脑袋嗡的一下炸开了，随着整个人几乎像堆烂泥一样瘫在地上。

头颅光秃的治安队员见状，跟满脸胡茬的治安队员商量："算了吧，看他斯斯文文的。"说着，转身一把夺过冯大安手上刚从兜里掏出的几张钞票，"下不为例，看你还像个读书人，便宜你。"说罢，哼哼唧唧扬长而去。

冯大安擦着额头冷汗时，发现女孩歪斜着身子靠在床沿上悠悠吐着烟圈。此刻，他方才明白这分明是遭遇桃花劫了……

播　种

星期天,女人照例上街买菜。男人则在那新了三年的"新房"继续他的诗歌创作。

十一点多,女人满脸忧郁地回来了。只见她拎着小竹篮,篮底里放着一团瘦肉和几只尚在骚动的大海虾。一张旧《萤光文学报》方方正正叠着,盖在竹篮里对虾上面。

"怎么啦?"男人有点近视的眼睛望着女人问。

女人只是轻轻地摇了摇头,顾自走向厨房。

"咦,对虾!对虾贵吗?"男人问。

女人还是用轻轻地摇摇头来回答男人。

"不舒服?"

这时,女人才回过身茫然地望了男人一眼,但最后只是低声吐出一个"没"字。

凭第六感官,男人知道女人准遇上不顺心的事了。于是放下笔,将女人扯在自己怀里,嘴里甜甜地说:"我来做你喜欢吃的大虾炒酸甜酱,怎样?你管吃就是!"

"不,我要清蒸虾蘸姜醋,你管做,你管吃!"男人品不出个中滋味,但还是说了声"遵命"!起身拎起篮子,向厨房走去。

"贴心。"女人望着男人的背影默默地想。作为妻子,她曾为丈夫婚后的体贴自慰过;也曾为丈夫对计划生育十二分支持、自觉晚育,使自己在单位里多次受到了领导的称赞自豪过。可是今天，当她无意间在市场看到那张发黄的旧《萤光文学报》时，蓦地，一首标题为《播种》的小诗闯入她的眼帘："二月，我们播种，播下了一颗希望的种子；八月，我们收获，收获一串金色的果实。"这是丈夫三年前写的。三年前，她曾是这首短诗的第一位读者。那天，这首短诗发表了，她为丈夫高兴："祝贺你，我们婚后的第一首新作发表，我去为你做顿肉丝鱼饺。""不，"丈夫收住笑容，神秘地小声说："我要的是一串金色的果实。不过，眼下还不是优生播种的最佳季节，得等我的诗作结集，行吗？三年后……"每次听到丈夫这些充满诗意的话，她都是这么想，"三年后就三年后。"她当然知道晚婚晚育于国于己都有好处。

可如今，三年过去了。人家都生二胎了。女人环视着这间"新房"，在她俩的共同努力下，小家庭该有的他们几乎都有了，丈夫的诗歌集子也出版了。然而此时，她却不禁有点怅然若失。

深思良久，女人轻声对正在厨房挥刀舞铲的丈夫说："我的诗人，还记得吗？二月我们……"

"二月，我们结伉俪三年！"男人抢着接上话，她默然了。

好一会儿女人又说："八月……"

"八月是播……"男人故意打住话探出头做了个神秘的鬼脸。见女人还捏着那张旧报纸，禁不住笑起来，"小鸽子，此非用功之时，当务之急，摆架势。"

静顿了好一阵子，男人才补上一句："吃饭啰。"

女人迷离的眼神看了男人一会儿，也许是悟出了诗人的"用功之时"是什么，汗涔涔的面颊顿泛起一阵羞红。

微信爱情

　　男人终于在一次与女人微信私聊时开口了，说一定要在这个周末，到女人的县城来看女人。微信里的男人这样说时，女人没答应他，只发了个"闭嘴"的表情拒绝了，可是在心里，女人却欣喜着。

　　接下来的日子里，男人与女人每次微信私聊，都坚持说要来看她。看来，男人的语气很坚决，他在微信里对女人说：伊伊，我要来看你，一定要的！

　　面对男人的狂热，女人默许了，其实女人不叫伊伊，只因女人在微信的备注名有一个伊字，于是，男人在一次微信私聊时很有创意地叫了女人一声伊伊，女人就也把微信通讯录男人的备注名也改成了甸甸。后来，男人与女人还单独建了个叫"伊甸园"的群。但女人一直不肯用视频聊天。

　　男人记得第一次语音聊天时，女人一声柔柔的您好，就让电话那头的他愣了好几秒钟，直到女人又一次地询问："喂，您好，最近忙吗？"男人这才回过神来。

　　男人是第一次听到女人的声音，可是在他心里，这声音听起来很舒服、很亲切，甚至很熟悉，于是男人说："真是你么？总算是听到你的声音了。"女人不知道，其实男人这一声总算听到你的声音了，并不是说别的什么事情，只是在男人心里，男人似乎寻找这个声音很久了。男人也承认，他爱上女人，首先是从爱上她的声音开始的。

女人在男人来的头一天晚上,早早地选好衣服,忙碌着为男人的到来做准备。其实男人和女人早就见过面,就在男人的报社建立的"文化之旅"活动微信群上。头像上看,男人长得魁梧,出乎女人想象,女人也娇柔得出乎男人意料。男人不喜欢参加户外活动和不喜欢玩微信,所以两人一直谁都没向谁打招呼。只是有一天,女人不知不觉在微信群里点了他,还跟他打了招呼。隔了好几天,男人才发觉了,随后两人很自然地彼此发了几个"微笑、抱拳、玫瑰、咖啡、握手、再见"的表情。

女人是个写诗歌的才女,在百公里外的一个县城小学教书。没想发展到后来的日子里,两人谁有空闲的时刻,谁就会与谁发微信提出私聊。慢慢地,在女人和男人的感觉里,谁都把对方当成了无话不谈的朋友。可是有谁料到,这份熟悉得像朋友的感觉,竟从第一次微信语音私聊后一发不可收拾,男人在每一天里,都会发微信找女人私聊,聊生活、聊文学、聊工作、聊感情,男人告诉女人,自己爱上了她的声音,每一天的每一个空闲的时刻,男人都会有想听到女人声音的冲动。每每听男人讲这些时,女人总是吃吃地笑着,总会说,如果按你的推理,我得至少有一百个男人来爱上我,因为至少有一百个男人曾对我说过这样的话,随后便给他发来一连串"色、害羞、尴尬"表情……

一个星期,在男人和女人的感觉里竟是那么漫长。终于,男人要去找女人的这一天总算到了。早上醒来,女人第一件事情是给男人发了微信,告诉男人路上开车小心些,接着女人拨通了一家酒店的电话给男人订好了房间,然后女人选了一件艳丽的衣裙,女人知道接下来会发生什么。

早上十点钟,离男人的到来还有三个小时,女人正在学校给学生上课，"滴"的一声，一条微信进来了，女人心里一颤，感觉到了什么，微信是男人发来的：伊伊，计划有变，明天孩子要我带他去公园坐过山车，虽然我很想见你……女人想起，男人曾告诉过她，前妻是在三年前一次下乡演出时，发生车祸走的，丢下两岁的孩子。男人这些年来既当爸又做妈的把孩子拉扯大，男人对孩子的这份感情，是任何人也无法替代的，在感情面前，亲情永远占第一位。

女人在心里明白，自己不管在男人心里多重要，也永远不能与血肉相连的亲情可比，即使孩子能够接受她，相信男人宁可选择不去碰她，也不愿意伤孩子的心。眼下，他们整整一个星期的等待和盼望，终究敌不过孩子的一个要求，于是女人给男人发去了一连串"微笑、龇牙"的表情。

不一会，微信又到了，男人用语音对女人说："别笑，我是真的很想你！"女人心里的热情此时已经冷却了，女人终于明白，这只是一份无果的爱，不管爱得天昏地暗，还是情不自禁，女人都再也爱不起了。于是女人也用语音回答男人："都别说了，我什么都明白，都理解。"这简单的几句话，不但让男人感觉到女人的通情达理和善解人意，还把女人所有的心事都化开了。

女人看着镜子里艳如桃花的妆容，突然想起一个无关紧要的比喻，她曾在一本书里看到关于老婆和情人的一段描述，书中说：老婆是男人的内裤，情人是男人的外衣，内裤无法让男人选择，但外衣就不同，男人可以在天热时选择脱下。

女人看到镜子里的自己一脸没落，不明白为什么自己会突然想起这样一个无关紧要的比喻……

如果不是短暂的擦肩

男人和女人是在一个户外徒步论坛认识的。

女人第一次参加这种活动，是往返 30 公里"徒步观天嶂，赏遍野山花"的活动。没想那一次，天公不作美，途中突然下起了暴雨。男人看见女人没带雨具，在雨中走得很艰难，顿时便心生轻怜，于是把自己的伞拿给她，而女人只是回头对他微微一笑，很坚定地谢绝了。

也就在那一刻，男人看到了这个一口东北话的女人眼睛里的倔强和刚毅。后来两人又一起参加过几次"户外徒步之旅"。每次活动，男人在出发前都会提前打电话告诉女人去的地方的一些情况和提醒女人这次该带齐什么装备……天气炎热的时候，男人见女人汗流浃背，会递给女人一瓶矿泉水或时不时送上几张纸巾。有时还会主动帮女人背背行囊，在陡坡的地方和在如绳的山路搀扶一把。而吃饭的时候，女人也会端着饭找男人一起吃，把肥肉夹到他碗里，说吃了有力气。有一次驴友们见了，对他俩打趣说，还挺像一家子呢。女人听了，两颊蓦地浮起一片红晕……

渐渐地他们更熟悉了，一有空闲的时刻，男人就与女人发微信私聊。女人有时候很活跃，从英国莎士比亚到中国莫言，到西藏的佛经，她都无所不谈；有时候却很安静，只发个表情就不说话。男人就在这头拿着手机等，直到手臂酸麻，也不舍得放下。

有一天,男人的城市在上映一部叫《庐山恋》的老电影。男人少年时是电影里女主角扮演者张瑜的粉丝,于是在微信视频聊天时问女人有没有看,女人回答他:县城没影院,可以到电脑里下载……然后只是愣愣地看着男人。男人知道她爱好写诗,见状立马诵读了泰戈尔"飞鸟集"的一句诗:"你微微地笑着,不同我说什么话……"女人听了很快就接了上来,说:"而我觉得,为了这个,我已等待得久了……"

视频上,男人没看到女人的眼眶,已经闪着莹莹的泪光。

后来有一次微信聊天,男人无意中说自己最近特忙,经常熬夜写稿,头老昏昏的,很长时间了。翌日中午下班的时候,男人就突然看见女人提着一个大保温瓶在宿舍门口等他。看见男人的时候,女人突然紧张得像个孩子,脸红了,支支吾吾地说:"我给你煲了黄芪鳝鱼汤,是在书里学的,够你喝两天了。喝了可以减轻你熬夜造成的少气懒言,头晕眼花,体倦乏力的……"

那天晚上,男人喝着女人的汤,想起女人坐了几十公里的车……心突然一暖。整个夜晚,男人辗转难眠,脑子里一直缠绕着那汤的味道,和女人站在门口时羞涩的笑容。

可是,男人都已经到了不再是可以无所顾忌的年龄了,男人已有家室,孩子都读五年级了。而女人,在那个山区县城,也有了当地一个相恋三年,但远在北京做装修工程的男友……他们在一起的时候,话题多是聊她老家的长白山和男人的红海湾,或是宋代词人李清照,或是现代诗人徐志摩,再就是敦煌壁画与现代艺术流派,却唯独不聊各自的感情。其实那时候,男人在百公里外的市里上班,和在老家的妻子的感情已经开始有些冷漠。可是男人一直没说,女人也就没问。而女人那些情感方面的事,女人不说,男人同样也不问。

有一天，女人突然在微信里给男人发来一首她写的诗："……我的心是草木做的,要回归草木生长的地方,将来就像草木燃尽成灰,深入泥土……"男人看了没理会,只是点了个微笑的表情回过去。

半年后,女人与男友分手了,要离开受聘的南方山区县城的那所学校,回数千公里外的东北老家去了。男人专程跑去送女人,但只是悄悄地站在远处的一个角落里,静静地看着女人和别人告别。这时,女人朝男人走过来了,只见她伸出双臂,笑道:"我要走了,来,抱一个。"女人的口气很轻松,可是抱住男人的时候却是紧紧地。随着,泪水湿透了男人的胸口……

没多久,男人和妻子离婚了。离婚后,男人的日子过得更加杂乱无序了。

有一天,男人的母亲带着孩子到城里来看他,顺便帮他归整屋里乱得一塌糊涂的所有。突然,看见办公桌的键盘底下压着一封没拆封的信,就问:"你就忙得连一封信都没空拆吗?"

男人一听回过头,母亲已边说边撕开信封,拿出了一张纸条,轻声地读了起来:"张爱玲说过,有些事,一转身就是一辈子……你一直不曾回头,我却始终对你微笑……这、这写的是什么啊?"

男人听了急忙走过来,从母亲手中接过纸条,一看,是女人的笔迹,写的都是一些网络上唯美伤感的句子,……当我们老了的时候,我依然会回忆和你一起的那段时光……如果不是短暂的擦肩,而是一辈子在一起,该是多么的甜蜜!可是一切都已成往事了……我们,注定是一种感伤的接触。未来,望之难及的无涯……

瞬间,男人突然泪流满面……

这年头拿人开心

　　领导跑上面要钱去了,临走前一再嘱咐他:今年的年终总结务必在十二月中旬以前完成。领导不在,整个办公室就像提前放了假。杨伟也和大家一样,每天只签个到就忙自己的事去了。不想一晃几天过去,杨伟方记起写总结的事,想起领导明天也该回来了。杨伟知道,无论如何,今晚就是挤干脑汁也得把材料拼凑好。

　　此刻,杨伟正在办公室挤脑汁,手机信息铃"嘀……嘀嘀……"叫了,杨伟打开一看,是一则广告:"不吃药不打针,包你雄风倍增。本公司最新推出的高科技产品,保你一个月内阴茎增大增粗,长久不衰。专利证书号为0123456,汇款799元至ABCDEFG。"杨伟看完笑了一下,又忙着赶起材料。

　　赶材料期间,杨伟总共接了三次来电,其中两次是妻子来的电话,听得出来是等得心焦;一次是领导来的电话,询问总结完成了没有,杨伟说还没,正加班赶着。

　　知道杨伟这时还在办公室里忙乎,领导就说"辛苦了"。杨伟有些受宠若惊,连忙迭声说"谢谢领导关心"。领导还关切地说,你去写张单,我给你报几百元加班补贴。领导又顺便提示了几个关键内容一定得写进去,如"双融双建"等等。最后领导关照一声"早点回家去陪媳妇",就把电话挂了。

　　有了领导的关心,杨伟就更不敢马上回家了。耐着性子把整个材料看了又看、改了又改，几乎重新写了一次，一直忙碌到午夜 12 点才将材料打印好。

回到家，妻子已经睡了。杨伟望着床上怡然熟睡的娇妻，内心不由得有些歉疚起来，忙简单洗漱了一下就悄悄地上了床。

暗黄的床头灯光下，杨伟侧身打量着妻子，越看越觉得妻子韵味十足。想起刚才妻子在电话里催他快点回来的语调，裤衩里面那东西便不老实起来。他轻轻掀开被子，褪下妻子的裤衩，然后小心翼翼地对着似醒似梦的妻子的下面呼哧起那事来。妻子平躺着没太多响应，连偶尔一声像呓语像欢吟的哼哼都没有。杨伟努力奋斗，想争取妻子共同融入。然而，自己那不争气的东西却像老爷车遇到一座陡坡似的，呼哧几下就熄了火。

妻子没埋怨什么，噘着小嘴一声没吭很快穿上裤衩就背过身去……

这一夜杨伟辗转难眠，他深感太委屈妻子了，自己连这么点事都不能让她满意，真窝囊，还像个大男人吗？杨伟整晚在想，为了"性"福，自己该如何提足底气？想着想着，他不由得记起了刚才那则短信，经反复斟酌后下了决心，他决定拿几百块钱购回来试试！

翌日一大早，杨伟来到邮政营业厅，趁没多少人，做贼似地照着短信上的账号悄悄汇出 799 元。

转眼年关近了。有一天，杨伟正站在梯子上清洗窗户，忽听门口有人高喊："杨伟，包裹！"正忙碌着的他不知是什么东西，便笑了笑对妻子说："有请夫人代劳了。"

没一会儿，妻子拿回来了，一看，是一个包装上面写着"专利产品"的精致小盒子，寄件人是穗城、美国雄风公司中国办事处。她好奇地问杨伟："是什么东西？"

杨伟一时没想起来，便一边忙着手里的活一边说："我哪清楚，你打开看看不就知道了？"

妻子三两下就撕开了盒子，然后拿出一个镶着玻璃片的黑色塑料圆圈问："这还叫专利产品？"

杨伟俯下头，看着妻子手上拿着的黑色塑料圆圈，知道受骗了，脑袋"嗡"地一下，人险些从梯子上跌下来。只见他怔了半天，才涨红了脸说："啊，原来是一个放大镜！这也能增大增粗啊。唉，这年头真会拿人开心。"

妻子有些莫名其妙，愣愣地看着杨伟说："没错呀，放大了不就增大增粗了。"

杨伟一听更哭笑不得起来……

唉，彭崇迅这个人

海
殇

　　我们单位的彭崇迅说自己是个"愤世嫉俗、忧国忧民"的人。

　　还真是这样，彭崇迅对官场中的一些贪污腐败、为官不正行为，或对市场上的坑蒙拐骗、商场里的尔虞我诈现象都几乎恨得咬牙切齿，愤慨不已。彭崇迅对当今社会人与人之间的感情淡薄、冷漠自私也常常做叹息状，甚至对邻里之间的一些鸡毛蒜皮的小事也会大发议论。比如有一次邻居一个六岁的男孩闹着他父亲给他买玩具，彭崇迅见了便长长呼叹一声："唉，现在的小孩子也真是的，像我们小时候能吃饱饭就已不错了，这哪成。唉，真是一代不如一代了。"

　　彭崇迅还真是这样一个人。有一次，他老婆从市场上买了一斤青菜，拿回家一称，少了半两，彭崇迅便冲她嚷嚷："你瞧瞧，这年头都成什么样子了，真是糟糕。长此下去，国将不国啊。"

　　当然，彭崇迅对我们单位里的事和领导也决不会放过。有一次，单位组织全体党员赴井冈山参观考察。彭崇迅因不是党员未能成行。于是他便牢骚满腹："这分明就是借参观考察之名，行游玩享乐之实嘛。党员的先进性难道就体现在这种地方？我就看不出我彭崇迅在哪方面落后他们！"

　　彭崇迅就这么个人，时时要发点牢骚。同事们有时候觉得他有些过分，说他怎么能这样。彭崇迅便冲着他们"开炮"："如果个个都像你们这些鲁迅先生笔下的看客，麻木不仁的话，那真可悲呀,这社会还能进步?知道我的名字为什么叫'崇迅'吗?我们这个国家就是太缺少像我这样愤世嫉俗、忧国忧民的人了。"

对此,我们的同事中自然也有不少人会到领导面前告他的状,说他常在背后说领导的坏话。但领导很宽容,每一次都是一副很大度的样子:"我知道。他不就是爱发点小牢骚嘛。言论自由,不碍事。我们当领导的,就需要多听听这种逆耳忠言啊。"然后一笑置之。

由于有如此大度的领导,这些年来,彭崇迅一直在他的工作岗位上干得非常舒适,同事们忌他但没人敢惹他,更从没听说他被领导穿过小鞋。不过,直到后来领导上调走了,也未见彭崇迅在单位被委任过一官半职,一直都还是个普普通通的办事员。而他那爱发牢骚的癖好当然也是一点没改。

新领导来了,我们的同事当中便有很多人趋之若鹜,有的还叫新领导多多提防彭崇迅。新领导听了,点点头,若有所悟。

不久,彭崇迅被新领导提到一个科当了副科长。这消息自然令我们感到很意外。

提了"官"的彭崇迅从此倒像是变了个人似的,牢骚少了,最后连半句也都没有了。现在,他常挂在嘴里说的一句话是:"存在的也就是合理的。"对什么事物他也表现得非常宽容相当大度了。

没过两年,彭崇迅因犯了极其严重的贪污腐败问题锒铛入狱了。对这,我们反而一点也不感到意外。

全民微阅读系列

左 书

老邓自幼酷爱翰墨,以帖为师,初习唐楷,继研汉碑,后又专攻行草。由于他师古不泥,到了中学阶段,他的左手书法已开始深得长辈赏识,在当地圈子里有了些许影响。

但老邓的真正志向不是当书法家,而是要在官场上发展。毕业那年他没去参加高考,而是报考了那一年的招干考试,果然从此进入了仕途,且一帆风顺、春风得意,没到十年,就当了一个农村乡镇党委书记。据说,那时,他是全县最年轻的党委书记,才29岁。

老邓34岁那年,被组织上调到了一个靠海的港口城镇当党委书记。来到这个城镇后,老邓的公务更繁忙了,应酬也多了。从此他也就没时间再静心研习书法了。

然而,老邓来这个镇之前,闻悉他的左手书法很有造诣,这个镇的好多基层干部早已刮起习字风,以迎合这位新书记。老邓到任以后,自然要积极深入基层搞调研,每到一处便总有下属毕恭毕敬地恳请他留下几句勉励之类的墨宝。面对下属的盛情恳求,他也就不再推诿,在众人围观和笔墨的伺候下龙飞凤舞了一番。每次书毕,现场便会有人当面说,邓书记的书法比王羲之更加王羲之;有人说,邓书记的笔墨实属盖世无双;也有人说,空前绝后、天下无敌……就连一位在当地一直自诩为书法界权威的七十多岁老先生也常常登门找他切磋技艺,还到处逢人就说:

"我服了，邓书记年轻有为，底气足，前途无量，将来必成大家。"以致后来，老邓有什么宴请，都要带这位老先生出席呢。总之，老邓的每一次挥毫，都被众人穷尽天下最动听的语言恭维着。

在这样的恭维声中，老邓的题字几乎遍及这个城镇的每个角落，学校的校名、公司的牌子、餐厅的招牌等等，十有八九出自他这个当地最高行政长官的手笔。就连一新建的公厕，他也写了。在这个镇任职的那两年，他的字迹大部分被裱成条幅，有的还被刻成匾甚至刻成屏风。反正，到处都能见老邓的手迹。甚至连那位七十多岁的老先生，有时还以模仿他的左手笔法为自豪呢。

老邓虽八方题字，四处留名，但是，他行政不作为，成昏君了，因为他天天要喝据说特能滋阴补肾的海马酒，以至整日在恭维声和醉醺醺中度过，使他没有很好地打理这个城镇，没有使这个城镇繁荣起来。后来，他因为一个建设项目上出了经济问题，被上级纪委"双规"了。

"双规"解除后等候处理的老邓闲来无事。有一天，便返回这个城镇，独自漫步街头时，瞧着昔日自己书写的招牌，忽然很不自在起来，脸即刻红了，暗暗说："如此臭字居然悬挂街市，老邓啊你真是丢人现眼啊，唉……"

打这以后，老邓下决心埋头研习书法。他要让荒芜多年的书法真正重振雄风。后来，他被降级调到一个局当了副职。从此，他每天除了上下班，就是闭门研习书法。习字时，旁边没有声音，心也静下来了，神更专注了。两个寒暑以后，老邓在书法上已不是过去的老邓了。他的左手书法的确有了很大长进，他参加了许多展览，得了许多奖，还加入了省书法家协会。

此时，老邓心头除了一个向国级协会发展的愿望，还有了这样的一个愿望:他希望有人再找他题字。可是,一直没人想起他。是不是过去的那些下属将他忘却了?

有一天,他专程回到工作过的这个镇,想看看还有没有人请他写字。然而一下车,就忽然发现车站附近的那些以前他写的单位牌子、店铺招牌都已统统换成了他的下任的手迹。他对他的下任最了解,以前这位下任签名还常常把荣字签成茶字呢。这样的水平居然有人请他写书法呢。一时间,老邓方才顿感人世间原来是如此势利,势利到让人心寒。于是,一转身买了车票随即返回县城。

从此,他一步也没迈进这个城镇。

信骚扰

　　二〇〇七年"儿童节"的第三天，市正字戏剧团进京参加全国非物质文化遗产珍稀剧种展演，我被派往随行采访，这让我欣喜若狂，因为首都不仅是我一直憧憬向往、魂牵梦绕的地方，还有我十多年未见的中学同学欧幸炎。

　　九天后，展演结束，载誉而归。回到单位，同事们看了我在长城、故宫和天安门城楼等古迹景点拍的照片，都非常羡慕。向来说话喜欢开玩笑的王老五，还调侃我："在皇城根底遇到格格了吗？"

　　有一天，收发室给我捎来一封信，是欧幸炎写给我的。当时，我并没有注意到同事们的表情。直到几天后，社长找我谈话了，我这才发现同事们为什么这几天突然都不找我聊天的原因。社长告诫我，作为一名新闻记者，出门在外要洁身自好，染上了病，对自己、对家庭都没有好处。难道……

　　回到室里，我想了又想，此趟出差我究竟做了什么？后来翻出了欧幸炎的来信，仔细一看，晕！信封上印着的地址竟然是"京都中日联合皮肤病性病治疗医院"，这是欧幸炎工作的地方呀。看来，同事们一定是误会了。我只好向他们解释，告诉他们这是一位中学老同学给我的一封普通的信，众人听后都一脸无辜地表示相信，可接下来却变本加厉地回避我，我才发觉事情不是那么简单，我把自己越描越黑了。我看见他们一个个眼里都现出惊

恐。

烦恼之际,我只好打电话向老同学诉苦,说他那封来信骚扰了我。他听后大笑了起来,同时表示要帮我解释清楚。

我说:"人家又不认识你,怎么能相信你的解释呢?"他想了一阵,说:"你用手机信息把你同事的名字都给我先发过来,我们医院反正印了不少广告,我就给他们每人寄一份,这样不就可以让大家消除误会了么。"

几天后,和我同在总编室的同事们都收到了"京都中日联合皮肤病性病治疗医院"寄来的广告信,同事们一回想便知道是我出的手,虽然谴责我出卖了他们,但还是消除了前段时间对我的误会。

就在我扬眉吐气的时候,烦人的事又来了。有一天,同事碧霞一早上班就带来一个坏消息,焦灼愤怒地对着大家说:"政文、经济等室的人已经对我们总编室提高了戒备,说我们总编室有人出差染上了怪病不说,回来才几天,还把整个室的同事都传染了。任凭我怎么解释,他们也不相信。"说完还狠狠白了我一眼,意思我是罪魁祸首,是我惹了祸害了他们。大伙又紧盯着我了,这回我真的恨不得跪地求饶。

最后终于还是黄主任这个当领导的,他开口表态了。他对我说:"看来只有这么办了,解释也起不了多大作用,你干脆让你的那位缺德同学,再给我们全报社的每个人都寄一封广告,看看他们还会不会疑神疑鬼!"

我又沉默了……

朱八万的心态

这两天,朱八万越想越伤心。这街上人山人海的,干吗偏偏他一个人倒运遭了偷。"唉⋯⋯"朱八万想着又长长叹息了一声,"这挨千刀的贼! 我朱八万什么时候到你家的祖坟撒尿了? 我又没把你家的孩子扔井里,你真不该黑心烂肠地把我俭肠饿肚省下来准备买手机的钱给偷去了呀!"

40 岁不到的朱八万因为进城被偷了钱,竟为此在两日之间变成了像一个半老头子一样,躺在床上整天不吃不喝。妻子待在一旁见着心急,怕他一时想不开把身子气坏,于是悄悄打电话把朱八万的好友大海请来。

大海仗着与朱八万是多年的老哥们,一听二话没说便赶来劝说:"八万兄,偷都给偷了,心痛也没用。想开点,就当是做了回善事吧! "

"你大海说得倒轻巧。大和尚、小和尚,反正没出在你自己头皮上。要是换了你,说不定还不如我呢。"朱八万长长叹了口气,"那可是哗哗响的 3000 元呀! 唉⋯⋯"

大海了解朱八万这性格,怕继续劝说会遭他得罪,摇了摇头,识趣地告辞走了。

恰巧,邻居陈强串门来了,一听也帮着劝说,只见他坐到朱八万的床前:"八万,钱是王八蛋,没了咱再干。别是个事儿似的,不就 3000 元吗,气坏了身子,钱也回不来,岂不是失火挨板子,倒双运吗?"

"去去,别给我唱高调了。满街上那么多人凭什么就割我一人的包?比我有钱的人多的是……我可是赚一块铜板要流三滴汗的呀。"

这时,谢少锦让朱八万的妻子一个电话也招来了。村里的人没有不知道他和朱八万是无话不谈的铁哥。谢少锦知道朱八万是个一分钱掰成三次花的小气鬼,只见他悄悄地拉了陈强一把,眨了眨眼悄声说:"浪费表情了,没用。"说着,径直走到朱八万的房里,对躺在床上的朱八万说,"八万,咱俩是从小光腚长大的弟兄,今天我是特意过来请你跟我喝几盅的。"

朱八万一听微微睁开塌陷的眼窝,闷闷地哼一声:"别闹,我心情不好。"

"唉,我就是心情不好才喝酒!"

"出什么事?难道比我被偷了血汗钱还严重?"

"唉,你说这人没时运称斤盐都生蛆,是不是。今天准备为老头子置办点东西,带了六千多元,没想一上街就被哪个断子绝孙的王八蛋给扒了,害得我……老头子今年这坎不知能否趟过去,你说,叫我如何办?"说着一声不吭蹲在地上默默燃起烟。

"啊,你也被偷了?"朱八万显得颇为惊讶,呆滞的眼睛一下子闪现出了一种光芒。

"何止是我,今天这街上被偷的还有好几个呢,最少的几百元,多的还近万呢!更可怜的是邻村一个去镇里买猪苗的老阿伯也被偷了。"

"是吗?"朱八万听后,一骨碌从床上爬起来,声音显然也洪亮了许多。

"八万，都是这样了，就想开点，好吗。损财消灾啊，你说是不是？你看少锦兄，被偷了钱还说要请喝酒呢。"这时，他妻子趁机开导他。

　　"要说也在理，可我心里还不是滋味。这小偷太缺德……"其实朱八万心里此刻不是滋味是假，而是听说别人同样被偷，倒是有了一种说不出的舒畅，心态也平衡了……

全民微阅读系列

相信我，我把挂袋放你这儿

我有一朋友是开出租车的。有天下午，他开车到人民路时，见一位漂亮的小姐伫立街头向他招手，便把车停了下来。

"师傅，到马街尾的'百家福'超市。"小姐上车后很快就打开了话匣子，"这天气，才进七月就热成这样。唉，如今这太阳也改革开放了，散发的热情真是史无前例。听说全城的商店空调全都脱销。昨天，'百家福'经理给我打电话了，说为我留了一台原装'三菱'的，一定要今天取，免得临时抱佛脚。"

我朋友是个剩男，此刻见小姐气质不凡，还挺健谈，便问："请问小姐在哪工作？"

"机关。"

"当官的。"

"哪是，小公务员一个。"小姐看到我朋友的疑惑，解释道，"我打车不奇怪吧，我这人最鄙视那些滥用职权、公私不分的人。我宁愿花俩钱自己雇车，也不沾公家的便宜，这样心里才坦然，假公济私，这是影响呀，影响是领导干部的生命，须臾不可掉以轻心。"

小姐这番话立马在我朋友的心中光辉起来。我朋友想，如今有些领导干部，哪个不是以权谋私，别说拉台空调，就是买瓶酱油都用公车，这样廉洁的好干部真是难能可贵。

车到"百家福"超市门前，小姐从挂袋拿出 100 元，我朋友正欲找钱,小姐却摆摆手:"不必了,等一下再找吧,还要劳你送空调回家呢,请稍等一下。好吗?"

我朋友很高兴,想想今天就是跑一上午说不定也不会遇到要来回的客,于是说:"你放心,我等着。"说完遂掏出烟抽了起来。

我朋友正闭目养神。这时小姐匆匆返了回来,打开车门说:"实在对不起,师傅,烦你送我回去吧。"

"为什么,空调不想买了?"

"不,不是,我这脑子,忘了带信用卡了,现金又不够。"小姐为难地摊开双手。我朋友也感到惋惜。

这时,小姐无奈地微微一笑:"要不这样吧,师傅,你身上有带钱吗?能不能先借我用一下,送空调回家时我还你。"

我朋友用疑虑的眼光望着她:"不多,刚好 1000 元。"

小姐不好意思说:"相信我,我把挂袋放你这儿,里边有身份证、工作证和名片。"

我朋友望了望挂袋,掏出钱交给了小姐。小姐道过谢后,匆匆走进了超市。

望着小姐匆匆走进了超市,我朋友又抽起了烟。一支烟吸完了,还未见小姐出来。于是我朋友便进了超市,直奔空调专柜。

然而,就是没见到那小姐。转过几个柜台,方才发现有个穿堂后门,心想不好,坏事了,于是三步并作两步忙回到车里,打开那个挂袋一看,脑袋随之"轰"地一下,里面啥都没有,就一包女人用卫生巾。

主任原来是女的

快要下班的时候，女人打电话给男人，说今晚不回家吃饭了。男人还没来得及问，女人就匆匆挂断了电话。

男人看看表，见快到女儿放学的时间了，便偷偷溜出办公室。他要先去幼儿园接女儿，然后再去超市买些熟食，他想，今晚只能将就一下了。

早早地吃过晚饭，女儿看动画片，男人翻着当天的报纸。当男人把报纸的每一个角落，连广告也一处不落地看了个遍，女人却还没有回来。男人想哄女儿早点上床睡觉，从小由女人妈带大的女儿说什么也不肯，还不停地哭闹着问："妈妈怎么还没回来呀？"

"没办法，男人只好拿本《365夜故事》，给女儿讲故事，好不容易才把女儿给哄住了。当厚厚的一本书快要翻到最后几页时，门终于开了，女人满面红光地晃进屋。

"和谁一块吃饭呢？"男人有些不悦。

"我们主任请客！"说话的时候，喷着一股酒气。

"你喝酒了？"男人知道，女人从来都是滴酒不沾的，今天怎么……男人心里直犯嘀咕。

"嗯！"女人的脸上掩饰不住兴奋，"我们主任说，今天高兴，大家一定要喝，我经不住劝，只好……"女人一边说，一边甩掉了脚上的皮鞋，扶着墙壁向卧室走去，男人忙伸手去扶女人。抓住女人手臂的时候，男人发现女人手上戴着一只新的玉镯。

"新买的？"男人逼视着女人。

"主任……送的……"女人倒在床上，得意地说，"主任真好，去深圳出差，回来还没忘给我带礼物，还说出去那几天心里老惦记着我，真让我感动啊！"看着女人一脸幸福的样子，男人的心突然很疼。

这时，女人的手机响了。女人支起身子，一边在口袋里摸索，一边呓语着："一定是主任问我到家没有。我们主任对我真关心，见我喝多了，坚持不让我一个人回去，还一个劲地劝我今晚睡她家，说反正她一个人在家。我没答应……"

"哼！你们主任肯定没安什么好心，你别被他的花言巧语迷住了！"男人终于忍无可忍，一把夺过女人的手机接通电话，劈头盖脸一通臭骂："你这王八蛋，休想仗势打我家惠香坏主意，我警告你，你再缠着惠香不放，小心我对你不客气！"

电话里，对方好像是愣了一下。很快，传来一个女人格格的笑声："哈哈哈，你是惠香的老公吧！你吃的是哪门子醋呀！哎呀，笑死我了……"

啊！原来主任是个女的！男人握着手机呆住了……

开　房

海
殇

　　"泛珠三角艺术节"那天,老家来了两个表亲,来看热闹的。说实在的,吃饭不成问题,可睡觉就有困难了,我这副科级的只是分到一房一厅,确实无法搁平他们。

　　吃完晚饭,我便大方地对他们说:"今晚就登记个宾馆,你俩就住到那里。"

　　可他们一听,连忙摆起手:"这怎么可以,不行不行,你也太客气了,咱们又不是外人。我们乡下来的无所谓,只要有个'放平'的地方就行。"他们硬是要在我家里挤个晚上,还说随便打个地铺也好。

　　大老远来的,再穷也不能让客人打地铺呀。这传回老家,进城都这么多年了,我这脸往哪放。于是,我和爱人商量,如果客人执意要住家里,那就把房间让给他们住。可他们一听又不允许我们这样做。无法,我只好哄他们说:"那我们去邻居家借住一晚上。"客人信以为真。

　　那天晚上,我们聊到十点多钟,我就跟爱人离开了家。我们决定破费到邻近宾馆"潇洒"一晚上。走在半路上,天忽然下起滂沱大雨。

　　来到宾馆,在大厅服务总台,笑容可掬的服务小姐对我俩说了"欢迎光临"这么一句漂亮的开场白后,一边提出要我们亮出身份证一边窥探我俩神情,说:"请问先生小姐是住一块吗?"

我一听，用手抹了一把脸上的雨水，急切地说："哎哟，当然住一块，我们是夫妻呀。"

"对不起，那么……请出示一下结婚证。"服务小姐嘴角边依旧挂着笑容，依旧用古怪的眼神窥视着我俩。

"我们又不是外地来的，就住在附近，带什么结婚证嘛？"我爱人开口了，脸上顿时泛起两朵少女般的红晕。

"对不起，这是规定。"服务小姐摇摇头，仍然是彬彬有礼地回答。

哎哟，弄错了，这不是把我和我爱人当成一对偷情的狗男女了。我开始焦急了，外面在下雨，这时间也不早了。为了能尽快安顿下来，我近乎哀求地向服务小姐说："小姐，你说得没错，下次我们一定按规定办，今晚你就通融通融吧，好吗？"说着，我掏出20元钱，偷偷塞到她手里。服务小姐先是装着犹豫，最后还是拿出一本登记册让我们登记了……我发觉爱人瞟了我一眼，似在说："你还真老练"。

进入房间，我和爱人就感觉，这环境还真跟家里不一样，温馨可人，昏暗而呈现玫瑰色的灯光，使人感到朦朦胧胧，特别暧昧，也让人情欲高涨。一时间，我俩好像回到了新婚时那样，急不可耐地张开胳膊搂抱了起来，然后一起到浴室淋了个澡，接着回到床上……睡觉时，我侧身搂着我爱人："哎，老婆，在宾馆做爱感觉如何？很快乐啊，是吗？嘻嘻。"

我爱人听了，娇嗔地挠了我一下，紧紧依偎着我睡了。

翌日一早，我们早早起床，准备回家张罗早餐。当走出宾馆大门，我遇到我单位一个同事。同事见我一大早便从宾馆出来，感到诧异，眼立马眯成一条线，神情异样地瞅着我俩，然后哈哈大笑着把我拉到一旁，幽幽说："喂，一晚上多少钱？"

我说:"100元呀,怎么啦?"

同事摇了摇头,狡黠地看着我说:"不贵不贵,想不到你老兄也会……哈哈。"

我一听急了,尴尬起来,忙说:"哎呀,你说些什么呀?她是我老婆,你嫂子。"

同事还是不信。只见他还拍着胸脯诡谲地说:"急什么呀,放心吧,老兄,我就当什么都没看见行不,现在搞这事正常呢。我看你这也不是第一次了……"

同事说这话时,偏偏让我爱人听到了。走回家路上,她已是一脸狐疑。回到家里,待客人走后,忽然把门一闪,恨恨地剜了我一眼后,触电似的嚷了起来:"说!你到底跟哪个妖精开过房了。好啊,原来你还挺会生活的,怪不得你能写出那么多缠绵悱恻的一夜情、婚外恋文章。"说完,双手捂住脸,嘤嘤地哭泣起来……

我一听懵了。默默地站着一动不动,一种感觉爬上心头。完了,事情来了。真倒霉,一大早干吗遇到那个多嘴多舌的鬼。

讨 债

那天,他又喝了不少酒,然后又拎着酒瓶摇摇晃晃来到开发商家,又极耐心地摁响了开发商家的门铃。

终于,关闭森严的门被叫开了。浓妆艳抹的女主人一眼认出是他,便欲立即关门。然而他的一条腿早已跨进门框里,点头哈腰笑道:"对……不起,老……板娘,又……打扰你……了。"

此刻,女主人变成了驴子,显得很不耐烦地咂巴了几下嘴就一扭身悻悻地撅着肥臀进了屋。他随即替她关了门,跟着走进富丽堂皇的客厅,在其松软的沙发上坐下后,用脏兮兮的手拍了拍腿上的灰尘,对一直无礼地拿着厌恶目光盯着他的女主人说:"不用客……气,我们……是老……朋友了。忙你的……事去……吧。"

女主人悻悻走入了厨房。接着他便听到了那里响起了摔摔打打的声音。他知道,这声音是冲他这个浑身汗臭、酒臭的不速之客发泄的不满。他习惯了,他不计较。

坐了好一会儿,他觉得很困。为了提提精气神儿,他熟练地拿起遥控器开了电视。恰巧电视上正在演播卡通片《猫和老鼠》。看着电视,他顿感这片子太生动了,是在演绎现实生活中的强者怕弱小的、有理怕无理的一些现象,他想那只猫不正是受尽了小老鼠的捉弄了吗。看着看着,他不禁长长叹了口气:

"唉,真是个黑白颠倒的世界啊。"他恼火地关了电视,挪了挪身子替自己冲了杯咖啡,然后一边搅拌一边漫不经心地翻阅起放在茶几上的几张报纸。他没心思看下去,随着又点燃了支劣质烟吸了起来。他干这些事时的感觉就跟在自家里一样悠然,这些日子以来,他每天都坚持到开发商家里一次,习惯成自然了。时间一久,还真有了"梦里不知身是客"的感觉啊。

这时,电话响了。他转过身拎起话筒,瓮声瓮气问:"找……谁呀?"对方闻声顿了一会儿,随后支支吾吾道:"是你啊?"

他一听脸上立马露出了高兴的神色,高兴得像个久病初愈的人一样连忙迭声回答:"是我,是我。老板,这些日子找你找得好辛苦哟。打你手机你号码又空号了。你夫人又不肯告诉我。"他滔滔不绝激动地说着。朦胧间他好像望见了故乡,那个山明水秀、小鸟啼鸣的小山村。那里有他的家,有他的亲人。这些日子以来,他忍受着跟他出门当泥工的乡亲们的叱责,狠心告别妻儿,风餐露宿在这座城市里,这全怪这开发商一笔无法兑现的工钱。这一次,如果再没法要回,他清楚他再也不能回去了。

放下电话,他觉得又累又饿。不管女主人愿不愿意,他自个儿走进餐厅,拿起桌上东西就狼吞虎咽地吃了下去,又把摆在陈列柜里的那瓶洋酒喝到一干二净。他借酒浇胸,硬是把满桌子搞得狼藉不堪。他悄悄瞅了瞅女主人,此刻,女主人的脸色刷白,目光里尽是矛盾和复杂的神情。

酒酣饭饱,他摇摇晃晃回到客厅。"老……板娘,能……不能给我……一杯茶?"他舌头打结笑着对女主人说。茶冲好了,接杯时他无意碰触到了女主人胸前那鼓囊囊的部位,只见女主人忙一紧缩,茶杯随之"啪"的一声坠落了,摔得粉碎。女主

人旋即慌乱地躲闪。

"老……板……娘,你……别紧张,你放……心,我……不会干蠢……事的,我也有妻……儿。嗝……我只是不……能控……制自己……"他喘喷着酒嗝说着冲向卫生间,然而,女主人早已先他一步进入里面,躲在里面死死关着门不肯出来。

他着急推敲着门大喊:"老板……娘,你……出来,让我……我要呕了。"

老板娘在里面用发颤的声音说:"我不开,你滚开,有本事别欺负女人……"

他有气无力地叹了口气,靠在壁上断断续续道:"老板……娘,你别误会……了,我……是难受,我是……因为要……呕吐。"

卫生间的门终于开了,女主人掩着嘴惶恐地闪了出来。

他呕完了,走出来时,女主人正泪水滂沱地在打着电话。他无力瘫倒在沙发上,又自个儿喝起咖啡。望着女主人打完电话便抱缩一团躲在远远的。他心里突然感到了很愧疚,自己本来就不是坏人,但却在伤害别人了,这样真是不道德,可是有什么办法呢。

不一会儿,他在晕晕然中听到了门外有汽车关门的声音。他想,这一定是老板回来了,他赶忙用手揉搓了下脸颊,端正坐直了身子。

果然是老板回来了。只见他挟裹着一身煞气窜进屋里,就一把搂接住扑过去的女主人,同时将一包东西重重摔向他的怀里,红着眼吼道:"快数,数好立刻滚出去。"

他愣了,许久才回过神来。他颤抖着手打开那包东西,然后一张一张数起来。数着数着,他眼圈红了。不错,八万元一分不少，这可是他两年来绞尽脑汁吃尽苦头也收不回的那些民工们的血汗钱啊。

他紧紧搂抱着那包东西离开了开发商家。归心似箭地匆匆走在华灯如水、人影如潮的通往车站的路上。望着流光溢彩的街景，两颗泪珠从他沧海桑田般的脸颊上缓缓淌过。

有酒喝真好

正当我为一篇批评报道受领导训责而苦恼的时候，一位朋友打来了电话，要邀我和几个哥们聚聚。我自然没有托词，毫不客气地接受了他的宴请。

下午六时，我如约赶到"沿海食坊"二楼的一间叫"赛神仙"的豪华房。几个哥们都比我先到了，见我一来，先是说几句半荤半俗的笑话，接着就开始点菜。不一会儿，天上飞的，地上跑的，海里游的，还有店家用参茸海马等药材自己浸泡的"海马酒"全摆在了我们面前的桌子上。

酒菜刚摆好，东道主朋友就端着杯站起来说："大家先一齐举杯为今天的聚会干杯，为大家的财运干杯，为友谊长存干杯……"整个房间里霎时便充满了酒气。

第一杯酒刚下肚，一位在机关工作的朋友就开口了："老朋友啊，我给你们说，喝酒是神仙过的日子，一醉方休，万事大吉。有人说什么'众人皆醉我独醒'，什么大诗人，什么屈原，醒个屁。醒着干啥？醒着头痛，难道有喝醉了的享福吗？喝吧，对酒当歌，人生几何？人生不就是一场梦么……"

"别啰唆了，别啰唆了，我看你是酒不醉人人自醉，还没有打开酒瓶盖，你就醉了，别说了，喝酒！"

"常言说，爱听鸟叫要多种树，爱交朋友要多喝酒。"

众人一呼百应："对，都别说了，喝酒！"

饮酒的名目的确多，当各种礼数使尽后，便是"一枝梅呀，哥俩好呀，三星照呀，四季发呀，五魁手呀，六六顺呀，七七巧呀，八大仙呀"的划拳助兴……一时间，觥筹交错，谈笑风生。一位读过大学的朋友打趣地说："你是记者，我是学理科的，应该说对诗人我没有你了解得多，我问你，是屈原值得学习呢，还是李白值得学习？"

我应酬着说："都值得我学习，都值得我学习……"

那位朋友说："都没什么可学的，我说还是书本上那个渔夫值得学习，你听那渔夫说得多好，举世混浊，何不随其流而扬起波？众人皆醉，何不哺其糟而啜其醨？"

我无言以对。这时候，一位当过兵的朋友开口了："别酸了，那都是酸文人的无奈，还是把酒喝到肚里，才是真的。普京、布什都羡慕我们呢。"

于是，又是一阵吆喝声："喝，喝，酒中自有官位，酒中自有奖金，酒中自有美女……"

"日夜喝酒无数，老婆劝我不住。左摇右晃莲花步，胜似腾云驾雾。且住且住，哥们好像要吐。"这时，不知是谁舌根僵直说。

大家一听笑得前仰后合，也不知道是谁还带头拍起手来。

随着一阵高过一阵的喝酒令，一瓶又一瓶的"海马酒"被消灭了。而我的话也渐渐地多了："喝酒就是好，喝近了朋友的距离，喝好了同事的关系，喝出了领导的信任……"

"对呀，我们局长都说了，干得好，不如请领导。"

"别装蒜了，喝两小杯子就胡说起来了，早明白这个道理也当官儿了，还是老老实实地给我喝了吧！"说着，一位当老板的朋友，就又把一小杯白酒送到了我的嘴边儿上。我毫不推辞地接过来，然后仰脖一饮而尽。

这一小杯酒下到肚里，我的嘴好像来了个站岗的，什么话也不想说了，此刻，醉眼蒙眬看着一桌子没吃多少的山珍海味，我头真有点儿发昏了。

这时，又一位朋友送过来一小杯酒说："多年来你都不喝酒的，这回是难得一聚，这杯酒就是尿你也得喝了。"

我几乎什么也不知道了，迷迷糊糊地听到有人说："算了，算了，他不能喝了。"

"不行，他不喝这碗酒，就是看不起我这个个体户！"

"我……我……我喝……"我不由自主地说着时，那位朋友已把一小杯酒灌到了我嘴里。火辣辣的药酒顺着喉管流淌到了肚子里，只听见咕咕咚咚一阵响声，我什么也不知道了，我醉倒在了酒桌子底下……

后来我是怎样回到家的，我一无所知。直到今天早上，太阳的光辉直射我的床上时，我才迷迷糊糊地睁开眼睛。我伸了个懒腰，打了个哈欠，虽然感觉胃有点儿不舒服，可这一夜睡得特别香，因为精神上的一切烦恼全都扔到酒国里去了，于是，我打心里暗暗高呼："有酒喝真好！"

七爷打电话

七爷的儿子在城里当上个什么"长"以后,就很少回乡下看望七爷了。乡下太远,在一个似乎与世隔绝的大山凹,离城里都有近百公里。那里虽说原始山林很有景致,处处鸟鸣声声、碧水潺潺,但高山峻岭、杂草丛生,交通很是不便。中年丧妻的七爷尽管有时很孤寂,但也难得去趟城里。他说就是去了城里也住不惯。

七爷的乡下尽管是深山穷乡,但在政府"户户通电话"的春风吹拂下,电信部门有一天还是把电话线杆架进了村里,还举办了现场报装活动。因为儿子在城里工作,七爷自然成了全村第一个报装电话的"上帝"。

家里有了电话的七爷,心里非常惬意。那天装电话的师傅刚走,七爷就迫不及待地往儿子的办公室打电话,他要给儿子一个惊喜,家里装了电话。只见他捏着儿子留在家里的那张发黄的名片,一边喜滋滋念着一串数字,一边一下一下摁起了号码……

电话很快有了反应,听筒里传来一个娇柔的女音:"你好,这是局长办公室,有什么事请告诉我……"

尽管不是儿子接电话,心里有股难以言说的滋味,但七爷依然兴奋得舌头有些打结:"啊啊,我不是找局长,我要找牛羔。"

牛羔是七爷儿子的乳名,接电话的是七爷儿子的秘书,她自然不知道,便告诉七爷:"我们这里没有牛羔这个人。"说完,"啪"的一声把电话挂上了。

七爷听了不禁纳闷,这电话号码该不会按错吧。是不是这衰仔搞上个女妖精,就连老子的电话都不接了。想着想着,七爷毫不犹豫地再次拨打了儿子办公室的电话:"喂,同志姐,你先别放下电话,你听我说,我这电话没拨错,我就找牛羔啊。"

"你这位先生究竟想找谁。"接电话的仍然是刚才那个女音,这回显然有些不耐烦了,"不是告诉你了,我们这里没有牛羔,只有王……"

"王……王什么王,王八蛋。"七爷轻轻地对着话筒随口嘟哝了一声,没想让对方听到了,气愤地冲着七爷喊:"你究竟是谁?你才王八蛋,我们这里只有王局长。"

"好好好,我就找王局长。"见对方火了,七爷马上换了另一种口气。他相信这回肯定会让儿子接电话了。然而,对方却告诉七爷:"局长正开会呢,等会儿再打。"

七爷只好等一会儿。当抽完一根烟以后,他又将电话打了过去。没想对方告诉他:"局长出去了。"

七爷一听,肺儿乎被气炸了。于是,破口对着话筒大骂起来:"什么意思,刚才不是还在开会,为啥一眨眼又不在了。告诉你,我是他老子,你让这衰仔立即给我接电话!"

听到秘书对着电话吵,正在一旁看阅文件的七爷的儿子便走过来。接过话筒,刚放近耳边,就听到话筒传来"我是他老子"这一声。但七爷的儿子还是很有礼貌地问道:"喂,请问你哪位,有什么事?"

七爷听到换了一个男人的声音,就竖起耳朵仔细听了听,发现这回真是儿子了,便勃然大怒起来:"你喂什么喂,我哪位,我是你老爸,衰仔。"

七爷的儿子哪知道家里装了电话,更不相信这会是远在百公里之遥的老头给他打电话,恼怒了,忍不住也吼了起来:"你到底是谁? 你给谁充爸呢? "

见儿子竟然吼起自己,七爷心里不禁一沉,呼吸也急促了:"好……好啊,你这衰仔,你连老子都敢骂! "

"我才是你老子! "七爷的儿子也激动地回骂过去。

儿子居然毫不示弱和他对骂,七爷气愤得整个身子都颤抖起来,两行老泪也"刷"地夺眶而出。他压根儿没想到做了官的儿子,脾气真是大了,还六亲不认了。想着想着,七爷还是慢慢地平静下来,用喑哑的声音轻轻对着话筒说:"牛羔,我真是你爸啊,家里刚装了电话,我只想把这事告诉你……"说着,七爷一阵咳嗽,便瘫倒在椅子上。

七爷的儿子一听,脸色煞然一白,立即惴惴不安地按来电显示将电话回拨过去,然而,七爷的电话一直处于"忙音"……

老实人杨上英

"我不是有意的,我……真不知道你办公室那时还有人。我只是想送点我老家的特产给你……"杨上英低着头,拘谨地结结巴巴地想表述清楚。

"你究竟有完没完。"李副局长显然是听多了他的这种解释,很不耐烦地打断了他的话。

此刻,杨上英显得更为可怜了。只见他狠命地搓着两只长满老茧的大手,嘴张开了又合上,合上了又张开,可就是说不出话来。

李副局长瞪了他一眼说:"反正你看着办,由你!"说着坐上车走了。

杨上英一听更加惊慌了,一个人愣愣地站在原地,思索着事情非但没有解释清楚反而造成更糟的后果。

"老杨,在和领导说什么呀?"这时外号叫"张公公"的小张不知从什么地方冒了出来,"不会是为了提官的事和领导拉近乎吧?"

"你是知道的,小张。我爱人下岗了,女儿还在念大学,我爸我妈年纪大了,行动又不方便,怕我负担重,都回乡下去了。如果这次裁员把我……叫我如何向家里人交代呀。"

"放心吧老杨,你是老同志了,这次肯定还是会照顾你留你的。"小张宽慰地对杨上英说。

"你不知道,我自己把事情搞糟了。"杨上英认真地解释道。

"怎么了？"

"都怪我老婆，不知道她听谁说的，说局里精简是做做样子的，关键还得有关系，要送礼。你知道我在局里一点关系也没有。还是我老婆提醒了我，这次裁员领导小组的组长是李副局长，他和我是龙中校友，虽说我们平时没什么来往，可也同事十多年了。"杨上英顿了一下，思考着后面的话该不该再说下去。

"那是好事呀，怎么又搞糟了呢？"小张显出不理解。

"我对你说，你可千万不能和其他人说哟。"杨上英盯着小张，想从脸上证实小张会不会把他说的话对别人讲出去。看着小张诚实的样子，他接着说道，"我不知道他办公室有人。我知道上班时人多，容易被别人看见，所以特意等到下了班才去。都是我老婆的主意，一定要我送点什么。我到李副局长办公室，轻轻敲了下门就推进去，没想他和出纳员丽妙正紧抱一起翻腾在地毯上，退出来已经来不及了，他们都看到了我。"杨上英环顾了一下左右，确定仍然只有他们两人时接着说，"为了这事，我向李副局长解释了好多次。我不是有意要他难堪，我真的不知道他俩在做那事。可李副局长每次对我的解释总不满意。刚才我就是为了这事在向他解释。"

"这有什么好解释的呀。"小张显得不屑一顾地说道，"现如今，领导有这爱好很正常啊，这种事情还不都是公开的秘密了。"

杨上英瞪着双眼，像木头一样怔怔地盯着小张。

"你老婆说得有道理。"小张压低了声音接着说，"这次局里裁员，大多数都是对象。"

"裁员是形势发展需要，我能理解。"杨上英喃喃地说，"我只要能留下来打扫卫生间也就满足了。如果从工龄、分数来说，我算下来自己应该没事。"

"这你就不懂了。"小张卖起了关子，"我说老杨，你真是个死脑子。有多少人盯着要留下来呀，我去过李副局长家，李副局长的老婆的三姨的六姑和我二舅妈的五表嫂的四姨是小姐妹，她已经答应帮我的忙了。"小张顿了一下接着说，"要不，我也帮你去说说？"

"那好，那好，我怎么才能谢你呀，小张。"杨上英激动得有点受宠若惊。

"谢什么呀，谁让我们是同事，互相帮助是应该的嘛。"小张显得很无所谓，"我说从今天开始你就别再提这事了，对谁都说这事不好，要装作没事似的。"

"那是，那是。不过……"杨上英仿佛看到了希望，"不过，你如果见到李副局长，一定要帮我解释一下啊。就说当时我真不知道他办公室还有人。我不是有意的。"

"放心吧，你不用客气的，我知道你是老实人。就这么说定了。我还有事，先走一步。"小张说完哼着小曲儿走出了花园。

看着小张远去的背影，杨上英擦了擦眼眶泪花。此刻，他思索着如何把今天的事告诉老婆。他想，今天回家应该有个交代，不至于再挨老婆的骂了。然而，他哪里知道，小张走到门口时，就已经一个电话打到李副局长那里，告诉李副局长，杨上英在到处宣扬他那天碰到李副局长和……

尺 度

老张今天又喝酒了。你瞧,满脸酒气,又在训导他的孩子了。此刻,他正对着面前的一个小孩说:"孩子啊,人活在这世上,待人做事一定得有个尺度。"

小孩不懂,就歪着脖子问:"爸,什么叫尺度?"

老张就那么怔怔地看着小孩,他也回答不上来,想了一会,他说:"我也说不好,反正呢,简单点说,也就是说凡事不要太过分。就是不能跨过那条做人的底线。"

那时,还没有底线这个词。小孩听了,又问:"爸,那底线又是什么呢?"

老张又回答不上来。小孩就怀疑他老爸的文化水平不是很高。

后来,老张所在的灰窑头巷发生的一件事让小孩渐渐明白了什么叫尺度。

灰窑头巷拉板车的乌肉伯的儿子汉双被抓了,因为他在一个深夜,爬过邻居丁大昌家的那堵矮院墙,把他家给偷了。偷的东西不值多少钱,就一只掉毛的老母鸡。这事要不是被同是邻居的范天泽的老婆看到,也不至于发展到后来一个好端端的小孩被这件事弄得人不像人鬼不像鬼的。

翌日一大早,丁大昌发现他家的老母鸡没了,就开始站在巷头满嘴脏话地骂起别人的父母来。于是,巷头巷尾的人也都知道丁大昌丢了一只鸡。汉双听了一整天躲在家里，半步都不敢走出房门，他在心里祷告，范家的阿婶啊，你千万可别说出去啊。

然而，晌午的时候，小汉双就被镇里的治安指挥部民兵五花大绑地抓走了。抓走时，民兵只让他穿条裤衩，还在他背上贴了个"贼"字。灰窑头巷的人们一下子传开了，是范天泽的老婆告密，丁大昌报的案，于是汉双被抓了。

晚上，老张吃过饭，边剔牙边说："这事丁大昌没把握好尺度，更主要的是范天泽的老婆也没把握好尺度，一个不该说出去，一个不该报案。针孔大的一点小事，本来很简单就能解决的，怎么就……唉，这一抓没准把这孩子给坑了，小汉双才十二岁，三岁就没了娘……"

没过多久，听说汉双在治安指挥部被一个叫卷毛的民兵一个大巴掌就给打坏了，耳膜穿孔，加上一惊一吓，便疯了。

老张听说了，又是一声长长地叹息："孩子小不懂事，可以说服教育，干吗巴掌撇子打人家孩子啊，偷鸡摸狗的事儿是招人恨，可孩子罪不至死吧，这些人都没把握好尺度啊！"

后来汉双一直疯着，不管春夏秋冬就披着一件不知谁给的满是臭味的破军袄，腋下夹着一条装过化肥的麻袋，蹲在灰窑头巷他偷鸡爬过的那堵矮墙下，看着来来回回过往的人们，眼神怪怪的满是戒备，有时候夜里也跑出去蹲在那。乌肉伯是拉板车的，早出晚归，又年岁大了，根本看不住他。后来在一个冬夜里汉双就冻死在了那堵矮墙下，姿势一直是蹲着的，入殓的时候两条腿怎么捋也捋不直，就那么一直弯曲着。

小孩终于明白了他老爸老张所说的尺度，那就是做人一定要给别人留一道缝隙，哪怕很窄很窄，尽管只能容身也好。

岁　月

　　老张今天又喝酒了,而且还喝了不少,你瞧,又唠叨开了。此刻,他正对着面前的一个年轻人说:"孩子啊,你知道我们那时候是怎样过的吗？ 我们那时候可比你们现在坚强多了！ "

　　年轻人满不在乎地说:"爸,您怎么一喝酒就爱唠叨,那不都是过去的事了。"

　　"是啊,是过去了。但是这过去也是岁月堆积的,是我们所走过的痕迹,可不能忘本啊！ "

　　"还岁月堆积,还忘本？ 什么是本？ 爸,老在过去里徘徊算什么？ 过去能给你补偿吗？ 过去让你过上好日子了吗？ "年轻人也许是听多了,看起来很烦。

　　"岁月就像这杯酒,纯烈灼口,但余香缭绕。就是说老子至少可以回忆的比你多！ 别说吃盐与吃米……"老张说着咪了一口酒,一口 52 度的农民自酿的番薯酒,"想那时啊,老子五岁就开始自己赚钱了, 自己一个人在家养鸡生蛋养自己。六岁上山砍柴、割山草、扫树叶,八岁就要挑着土杂肥去上学。那时候啊,没完没了的搞运动,谁都穷啊！ "

　　也许是酒很到位,也许唠的真是陈年旧事,让老张不知觉地感慨很多。年轻人开始很不屑,后来看着老人,也慢慢地入神了。

　　"你知道吗？ 老子读寄宿的时候,才十三岁,学校离咱们村十几公里,老子为给你爷省钱,晚上都是在学校厨房的稻草堆里过的。老子读中专的时候,那是多少人羡慕的,多少人挤的独木桥,老子过去了,村里就老子一人吃国家粮的,但是,老子还是半张席子过了三年啊,到老子参加工作时才有一床被单、一件新衣服呢。"

酒开始上头了,眼前已经模糊了,只有耳朵里久久的回响老张的声音。

"现在你们啊,幸福,真的比老子强,抽烟、玩手机、唱卡拉,穿的衣服,用现代的话来说,都时髦得很啊。衣服不会手洗用洗衣机洗,地方找不着有'的士'找,没有工作有父母往卡里打钱……"

年轻人听着听着眼睛蒙眬起来了,他知道爸自退休后就爱唠叨,但爸真的是他敬重的一个最坚强的人!

"唉,时代是不同了吗?但是老子总觉得少了一根筋啊……"老张说着又喝了一口酒,"我要去找习大大,跟他说,这根筋不能缺啊!"说完,只见他颤巍巍地站起来,蹒跚地走出家门。

风中的街道冷了起来,不知道为什么会这样。老张对年轻人最好,他很在意对后代的教育,今天,他为什么又这样说了呢?

年轻人看着老张远去的背影,不自觉地点了一根烟,猛吸一口,烟雾从嘴里吐出后,慢慢弥散开来……

海　殇

　　一大早,迷漫的雾气在旭日的照耀下,如烟一般在瀛港镇码头的上空袅袅四散,此起彼伏的机船汽笛声喊醒了沉睡的渔村,徐马鲛和渔村的老少们一样也来到了丁字码头边, 等待他自己的船靠港归岸。

　　望着远处的港口, 徐马鲛看到他儿子的那艘机船在泛着浅浅波浪的海面上出现了,凭他的"讨海"经验,他从船只高高悬起的吃水线上就断定这趟出海的收获还是没有多少, 兴奋的心一下子又落到了腹腔底,只见他轻轻叹息了一声:"唉,看来又赔本了。"

　　果然,船一靠岸,也不等船板搭上,他儿子徐虾仔黑着脸就"咚"的一声从船头跳下来。

　　"如何?"徐马鲛觉得自己这一声问到底底气不足。只见儿子肩上搭着一件污渍斑斑的夹克衫,"唰"地一下,连头都不回地从他身边穿过去。

　　"又是空船啊。"有人走过来,围住徐马鲛。谁都知道前年为了买船,他家贷了五十多万元的款,眼看着贷款期限临近,而捕来的鱼一趟少于一趟,他只好卖掉房子,搬回以前政府建的"渔民新村"那间只有十多平方米的瓦房了。

　　人群陆陆续续地散了,码头边,泊着几艘锈迹斑斑的渔船,空荡荡的驾驶舱里, 只剩下了一个被风吹雨打日晒得失了原色的船舵，几个小孩在船上爬上爬下围着船舵玩。

"以前我们瀛港镇被称为'金瀛港'，那时的码头可热闹了，岸边樯桅林立，风帆如鳞，几百艘渔船密密麻麻的，汛期时一出港，站在大胆山顶上看，就如浩浩荡荡的军队般壮观。有时晚归的船就连泊的地方都没有呢。鱼货更是多得不得了，只好晒的晒、腌的腌。那时水产站前的那块偌大的空地都晒满了墨斗鱼和鱿鱼，那迪仔鱼一斤才几分钱呢。唉，为什么这好光景说没就没了呢？"徐马鲛不由重重地叹了口气，拖着沉重的脚步朝家里走去。

还没到家门，他就听到儿子的叫嚷声："哪一个不是空着船回来？你们也不想想，自从镇里办了那么多电镀厂，那些污水都从上游排下来，我们这瀛港水现在都成了什么颜色？还有电鱼的、炸鱼的，那些鱼虾都死光了！到远的海去捕鱼，除掉柴油费、雇工费、网具更新费等等，还有几个钱是我们自己的。没了，都亏大了！"

"可我们家是船主。你爸他也就一心想着由你来管理呢。何况，我们家还欠了那么多借款，不指望你出海捕鱼还能指望谁呢？"

"阿妈，你们就死了那条心吧，我再也不去'讨海'了。我跟初一他们几个商量好了，船能卖几个钱算几个钱，然后再想办法做点别的，我就不信这日子比那'风里来浪里去'的日子还差！"

徐马鲛再也按捺不住，"通"地一下踹开门，吼道："你敢！"

儿子看着他，竟然一点也不畏惧的样子："爸，你别自己骗自己了。没错，你知道柴油涨价，但政府有补贴，可你想过没有，现在鱼越来越少了，你还逼我出海，那不是浪费时间。你看现在，我们管区最后也就只剩你这艘破船在出海了。我们家的'讨海'生涯就到你这一代吧！"儿子说完就愤然关门离去。

反了反了！以前他一生气，儿子就惊惧得唯唯诺诺，现在不但顶嘴还敢摔门而去。徐马鲛一屁股坐在椅子上直生闷气。

已到晌午吃饭的时间，儿子还没回来。到底是亲生的，徐马鲛在老婆的催促下心又不安起来。"由他去！"嘴上说着，身子还是不由自主站了起来，一瘸一拐地朝码头走去。

被阳光照得明晃晃的码头，泊着他的那艘花了好几十万元的船，在浑黄的海水里，轻悠悠地荡漾着……看到这，徐马鲛的心又愤愤不平起来，唉，那臭小子竟然说那是一艘破船，他不知道为此付出了多少心血呢。想到这，他忘了找儿子了，只见他颤颤巍巍地爬上船，东看西摸，然后坐下来，点燃了一支烟……

浓浓的烟雾中，徐马鲛仿佛又回到了过去，他的眼睛湿润了，他想：难道，世世代代的"讨海"生涯真的在我这一代结束了？

名厨之殇

甲子城古时曾出过一御用厨师，姓苏名兴隆，会做数百样菜，尤精乖鱼，亲奉乾隆二十载。后告老还乡，乾隆爷赐其金银千两、绫罗百匹，还为其亲题了"兴隆"两字。苏家子孙便世代开"兴隆楼"，加上"兴隆楼"历代掌柜个个为人侠义豪爽，喜欢以食结缘，致使酒楼方圆百里闻名，一直兴隆着。

到了抗战时期，"兴隆楼"已由苏兴隆的七世嫡孙苏阿福管理了。一日凌晨，日军占领了甲子城。当晚，一位叫宫内土肥的中佐带着翻译官和几个士兵就直闯"兴隆楼"来了。

苏阿福见来了几个荷枪实弹的日本兵，不由心惊肉跳起来。当听了会讲潮汕话的翻译官说了以后，方知这小鬼子只是想来小酌而已，于是忙叫醒下手，一起下厨备料。少顷，苏阿福从厨房走出来对翻译官说："这几天渔民都不敢出海行船，厨房里实在没什么菜肴主料，就剩十几个乖鱼脯，做一二道菜不知可否？"

苏阿福不知这小日本也是最嗜食河豚的。经翻译官一说，宫内土肥立即高兴得直拍苏阿福的肩膀："你的使坏，死啦死啦的，好吃，大大的良民。"

苏阿福不愧是甲子城厨业大家。不一会，就将他做的三大盆乖鱼脯煮萝卜丝和大蒜爆炒乖鱼脯、乖鱼脯煨冬瓜摆上桌。只见宫内土肥一开口咀嚼，便喜滋滋地惊叹道："想不到你的手艺，大大的绝妙！"

"太君,过奖了。我这烧乖鱼的手艺可是祖上传的,以前是专门侍奉皇上的。如果用新鲜的乖鱼来做就更好吃。"

宫内土肥一听更高兴了。这晚,他直吃得舌下生津。他想打进入中国以来,从东北到南方,他吃天上飞的、山上藏的、地里长的,就没有这次在甲子城吃河豚舒服,就是在他们的大日本帝国也没有。

"兴隆楼"给小鬼子做菜的消息,马上就一阵风似的传遍了甲子城。苏阿福在一夜之间也成了让人唾骂的汉奸。那天以后,街坊们都说他是二鬼子。"兴隆楼"自此开始不兴隆了,有人经过酒楼还时不时朝门口吐痰,小孩子更是常常对着窗户掷石头。而苏阿福只是捋了捋颔下胡须,重重地长叹着气。

忽一日深夜,翻译官急急叩开了"兴隆楼"店门。说刚抓了几艘渔船,船上有好多鲜活乖鱼,中佐宫内太君要他连夜去司令部厨房,为他们几个军官亲自临灶掌勺烧全乖鱼宴。

苏阿福一听,内心暗喜。这小鬼子在甲子城的恶行早已在他心里点燃了仇恨的火焰。这次他不想从日军兵营走出来了,他要送这些小鬼子上西天,为"兴隆楼"挣回一份名气。他吩咐夫人,宰杀乖鱼时,用不着把卵子和夹脊血完全摘洗干净。洗涤完后,就借口回家拿佐料先离开兵营,然后赶到城外渔池村与孩子们会合,上大南山找张政委……

苏阿福安排好孩子和伙计连夜逃出城后,便偕夫人来到设在海边妈祖庙的司令部厨房,开始做全乖鱼宴。一阵忙碌过后,很快就做成"豆酱姜丝炒乖鱼、萝卜块焖乖鱼、红烧乖鱼、糖醋乖鱼、桔子皮炖乖鱼……"等十二盆醇厚香喷的乖鱼菜。

摆上桌后,苏阿福当着宫内土肥的面,从每个滚烫的盆子里各夹块乖鱼,放到一只小花碗里,然后送进嘴里慢慢咀嚼起来……"太君,这刚捕捞的就是肉质鲜嫩、润滑,好吃。"苏阿福一边咂嘴咂舌地夸着这菜的滋味,一边拿起勺子为早已垂涎欲滴的小鬼子盛汤。

宫内土肥见苏阿福自己都吃了,也就放心地开始带头大快朵颐起来……

约过一根烟工夫,苏阿福肚子里的乖鱼毒性发作了。只见他强忍剧痛难受,气定神闲地坐在椅子上,看着宫内土肥他们划拳猜酒……突然,他眼前一黑,扑通一声栽倒在地……

恰在此时,宫内土肥他们也陆续捧着肚子猪嚎似地呻吟了起来,然后一个个倒地打滚……这晚,司令部十几个军官全部因吃乖鱼中毒丧命。

当夜,小鬼子一把火就将"兴隆楼"烧成了一片白地,还把苏阿福的尸体挂到城内校场旗杆子上面示众。

几天后,苏阿福的尸体被人偷走了,听说是东江纵队的人干的……

义犬阿贵

两个月前，我收到一封来信。信里就一句话：如果有闲，请来看看我们！信是时谦伯写来的。时谦伯是我十多年前在工厂时看门的门卫。

那段时间，我正好下乡搞扶贫，没时间回去看他们，但我一直没把这事忘了。因为时谦伯给我写信了，我想就一定有什么事。后来我出差去了老家隔邻的一个镇，就绕道去看他了。

工厂在镇郊，周围的田野上已没了昔日的那片绿色，只有一些稀稀落落的杂草。时谦伯就坐在厂门口的椅子上，闭着眼在晒太阳，身旁卧着一只狗。我一眼便认出是阿贵。阿贵似乎也看到我，对我摇了摇尾巴"汪汪"地叫了几声，把时谦伯吵醒了。

时谦伯见我走过来，示意我在他身边坐下，然后告诉我，他在这儿已经等了我一个多月了。

我说："早想来了，就是脱不了身。"

"你走以后，老厂长还常常提起你呢。"

我问："工厂现在怎么样？"

"唉……都停产有些年了。两个月前就是镇里说要把厂开发了。"时谦伯望了望寂静的厂区，用一种微弱得像风一样的语气告诉我，"这厂是五四年国家扩展公私合营工业时，老厂长捐自家祖地建的。"时谦伯说着一阵猛咳，"老厂长不是不配合，只是希望能等他死了之后再拆，也算是死在他的祖地上。可人家领导和开发的那些人不肯,说什么要为大局考虑,必须马上拆!于是老厂长只好天天在厂里守着,怕人家趁他不在时给拆了。"

"镇里和开发的那些人,为了让老厂长搬走,几乎每天都来做老厂长工作。听说最大的还来了个副县长。"

"有天早上,老厂长到他祖上的墓地去看看。可哪里知道,他祖先的墓已让人给挖空移平了。他知道一定是那些人干的。有一次那个搞开发的头人说了,再闹连你老祖宗也挖!那天老厂长伤心地站在空空的墓穴旁边直颤抖,后来他怕这时候人家趁机去拆厂,就赶忙往回跑。一路上,都不知摔了多少次。他只是想,墓已经拆了,工厂千万再不能被拆。"

"好不容易跑到厂门口,好在工厂还在。到夜里的时候,老厂长一个人躲在被窝里,念叨着对不起列祖列宗。那天晚上的风特大,好像也在跟老厂长呜呜地哭着。"

"祖宗们连个寄身的墓都没了,老厂长就更不愿意搬了,他想好歹也能让祖宗的魂回来这厂里住一阵吧。"时谦伯顿了顿,继续对我说,"后来老厂长想到你在市里,说不定能想个法子帮帮他。就让我写了一封信给你。"时谦伯说着颤颤巍巍地站了起来,在一旁的阿贵也慢慢地从地上爬起来。

时谦伯和阿贵往厂门对面的一条小路走去。我跟在后头,我知道他的话还没说完。"镇里都听开发商的。后来,开发商为了逼走老厂长,就让镇里断了厂里的水电,连厂旁边的那口老井也填埋了。我和老厂长没办法,只能每晚用蜡烛照明,跑很远的地方打水。"

"镇里和开发的那些人啊,看怎么都赶不走老厂长,索性就来更硬的了。一个月前,来了几个青面獠牙的年轻人,个个手上拿着一根铁管。其中一个带头的扯着老厂长的头发就喊,政府征用这块地是看得起你,你居然还死赖着不搬,我看你真是活腻了!"

"老厂长也不看他们,只说:你们平了我家的坟,现在又想来欺负我这副老骨头!"

"带头的没等老厂长说完,就横着脸说,老子今天还要砸死你这老东西,看你还搬不搬!说着,几个人冲进屋子就狠命地砸。那天我跑去报警了。回来时,就发现老厂长躺在厂门口。阿贵则陪在一旁嚎叫着。"

"我去报警的那会儿,听说那几个年轻人砸完后出来就围住老厂长,还是问他到底搬不搬。老厂长没去理睬他们,带头的人就对老厂长说,老子再问你一遍,到底是搬还是不搬?说着对老厂长又是一巴掌。"

"就在这时,阿贵不知道从什么地方冲了出来,狠狠对着那个带头的人的手就是一口,然后嚎叫着站在老厂长的身边。"

"但是,阿贵毕竟还是老了。那几个年轻人见头儿被咬,就操起铁管朝阿贵的前腿砸去……这一下就像打在老厂长身上似的,老厂长哭着喊着别打阿贵,你们要打就打我吧!"

"那天,老厂长就和阿贵相拥着。那几个年轻人看老厂长还是不肯答应,就将老厂长拽开,继续用铁管打阿贵。阿贵也许是怕老厂长伤心,一直忍着不叫。"

"那个带头的人这下更火了,操起铁管就要对着阿贵的头上砸去。这时候老厂长不知突然是哪来的力气,直向那带头的人冲了过去,把他扑倒在地,边哭边喊,我这条老命和你拼了!"

"那几个年轻人见自己头儿被老厂长撞了,立马冲了过去,一把将老厂长拖开,然后,拳脚如雨般地落到了老厂长身上。后来那伙人见老厂长差不多也半死不活地躺在地上,就骂骂咧咧走了。"

"围观的人们看他们都走远了，才开始议论着应该赶紧把老厂长送医院去，然而都是说完就陆陆续续地离开了，留着老厂长一个人躺在地上。是要理解他们啊，他们知道那个开发商就是八三年全国严打时坐过牢的'刮千刀'，他们哪敢帮手。"

"那天，直到午夜，老厂长才醒过来，用满是乌青的手拉住我说：我年轻时臭积极，五四年响应政府号召，把祖上的这块地捐献给政府办工厂。如今厂倒闭了。他们要开发了，这也得跟我商量啊，但没有。现在就连我家的祖坟也给挖了，这叫我能对得起祖宗们吗？那夜老厂长又哭了说：别看阿贵是畜生，可它有人性通人情啊。"时谦伯说到这里，眼泪止不住流了下来，"两天后，老厂长就走了。"

我跟着时谦伯走了很远很远。到了一处荒地，那里有一个小小的坟墓。我知道，老厂长就在那躺着。

"老厂长临死之前还说，如果厂里的人来了就带来这里看看他。"

我对着老厂长的墓说："老厂长，我来看你了。你的厂子不会让他们拆的！"

这时，阿贵突然哀号了起来，只见豆大的眼泪吧嗒吧嗒地掉落地上，然后一瘸一瘸地走到老厂长的墓上卧了下来。

我知道，阿贵死了。

之后的日子里，我也再没见过时谦伯了。但只要有机会，我就会去老厂长的墓上看看。因为那块荒地上，有一幢厂房，门口处，时谦伯坐在椅子上晒太阳。阿贵对着过往的人们摇摆着尾巴。老厂长和那些过世的老工友们正穿梭在热火朝天的车间里。

永远的电话

　　临时救助中心设立的免费电话亭就在她参加救援的区域附近,几天来,她唯有趁歇喘片刻偷偷望着打电话的人们发呆。她是多么羡慕别人打电话啊,可是她从未能够走近那个简陋公共电话亭,她心里清楚,她没有一个亲人能接电话了,丈夫一个月前为抓捕一个持枪歹徒牺牲了……女儿……

　　这天,她终于下了决心,她要打电话给她的乖女儿。趁中午吃饭间隙,她端着饭盒来到公共电话亭前,也排进等待打电话的队伍里。队伍很长,后面的人都焦急地盯着说电话人的唇,生怕又有余震到来,排不上打电话。然而,余震终于还是又一次来了,脚下的土地又在剧烈地抖动,不分上下左右的摇摆,使人们站不住脚了。虽然震级不大,但前边的人还是纷纷放弃了打电话。而她尽管此刻也像是风暴中站在大海上的一叶小舟上一样,也已迈不开步了,但她还是一步上前,走近电话亭,左顾右盼发现没人注意她后,便抓起话筒,颤抖着手拨起了那串再熟悉不过的电话号码。

　　"厶妹,是我,我是妈妈……"此刻,徘徊着等待的队伍已经几乎完全散去。她面带笑容,呆呆地甜甜地对着天蓝色话筒说。

　　"……是吗,真聪明,单元测试又考了一百分,老师奖你一颗星了,全班只有三个人考一百分……真是妈的好女儿。"刹那间,随之而来的更多的回忆涌上心头,她悲伤地回味着女儿的话语和笑声。她正对着话筒说时，又听到周围房屋和不知什么物体坍塌的声音，以及此后几分钟里的一片寂静。她一下子又感到好像一切生命都远离她而去了。从未胆怯的她这会儿不觉生出一种恐惧，她紧紧地抓着话筒，好像抱住了还在战栗的女儿。

"又是余震，警察同志快躲躲吧！"一个村民从她身旁走过，大声催促着她。

她对这位村民微微笑了笑，下意识揾紧话筒继续说："幺妹，妈很忙，妈没好好陪你，妈……对不起你。在那边……一定听爸爸的话，告诉爸爸……他……被授为……英雄了，几天前省政府……已送来块匾呢……"她清了下鼻子，再说话时声音有些变了腔，"妈的好女儿，妈想你，妈……好想……好想你，妈真想和你一起。从小你就很懂事，自己穿衣服自己煮饭……我的好女儿，在那边冷了饿了，你就跟妈说，妈给你寄去……我的好女儿。"说着她喉咙哽咽了，终于忍不住轻轻抽泣起来，滚烫的泪水浸湿了她脑海中有关爱的记忆……

"救命……救命啊！"这时，从不远处倒塌的废墟里传出了求救声。也许是因为隔着层层倒塌的砖瓦水泥板块，她听起来觉得好像是女儿的声音，离得很远，隐隐约约，越来越弱了。

她稍稍迟疑了一下，对着话筒又说："好女儿，妈太忙，就先到这了，妈再给你打电话，嗯，这里还有好多好多需要帮助的人。"说着，她匆忙挂了电话，话筒搁下的一刹那，有一串令人揪心的"嘟、嘟、嘟……"声音自话筒中传来……

她伸手拭泪，离开了电话亭，然后飞快地跑向前面那片废墟……融入急急赶来地在奋力挖掘的救援大军。

一盒鱼胶

老蔡头是负责区政府机关住宅小区清洁卫生的工人。每天一早,老蔡头就将小区路面上的垃圾打扫干净,然后开始清理每幢楼楼下的垃圾桶,同时随手将一些塑料饮料瓶、纸箱什么的拎出压扁,当做回收物品,一起装上清洁车拉走。老蔡头每次挤压纸箱什么时,都会小心地将里面翻一翻检查一遍,看看有没有它的主人忘了掏走的东西什么的。这天,在清理 A 幢楼下的垃圾桶时,忽然就从一个红富士苹果纸箱里掉出一个透明塑料小盒子。

老蔡头捡起来一看,小盒子里装的不是鱼胶吗?他拿在手上掂了掂,足有斤把重。老蔡头下岗前是水产公司的职工,他知道,鱼胶可是"八珍"之一,与燕窝、鱼翅齐名的,素有"海洋人参"之誉。在市场上一斤买几百块钱,贵的得上万元,假如是金钱猛鱼胶还价值连城,一斤要十几万甚至上百万呢。像这样身白透明的新鱼胶,最便宜也要几千块。

老蔡头寻思着,谁家这么粗心,没掏完纸箱的东西就把纸箱连同这盒鱼胶一起扔了?拿着这盒鱼胶,老蔡头站在楼下大喊了一声:"楼上谁家扔了纸皮箱子,里面还有一盒鱼胶呢!"

喊了几遍,没人理会,老蔡头纳闷了。这么好的鱼胶错扔了,怎么会没人认领呢?他思忖了一下:A 幢住着的都是些领导,四楼住的是区政府的赖副区长,平时送礼的人比较多,是不是他家误扔的呢?于是,他拿着这盒鱼胶"噔噔噔"地上了楼,摁响了赖副区长家的门铃。

一阵斗牛士的铃声过后，赖夫人笑容可掬地开了门。问清是怎么回事后，只淡淡说了句："我家从不吃鱼胶，鱼胶长什么样，我见都没见过呢。"说完，又笑容可掬地把门关上了。

老蔡头木呆呆地站在门外好一会儿。心想，既然不是赖副区长家的，那是不是他家对门赵局长家的呢？于是，老蔡头转过身，摁了赵局长家的门铃。开门的是赵局长读大学的儿子，放暑假在家。这回老蔡头直截了当地问："楼下那个装苹果的箱子是你家扔的吗？里面还有一盒鱼胶，我给你们送上来了。"

赵局长的儿子略一迟疑，立马就变脸了："你什么意思？这鱼胶是我家的？你是不是想害我爸，你想害人也不是这样害的吧！"说完，"呼"的一声就关上了房门。

老蔡头一听，愣了。他很委屈，呆呆地站在原地，足足有几分钟。他实在想不明白，好心好意把别人家遗漏的贵重物品给送回来，难道错了吗？他很不甘心。

突然，他听见五楼有人关门下楼的声音，莫非是住五楼方主任的？老蔡头揣想着这鱼胶会不会是他家的呢？想到这里，老蔡头返身上楼迎了上去。这回老蔡头问得谨慎了："方主任，楼下扔掉的一个纸箱里面有一盒鱼胶，不知道是不是您家的？"

方主任并没有停下脚步，斜睨着眼睛瞟了一眼，冷冷地吐了两个字："不是。"

拿着这盒鱼胶，老蔡头显得一筹莫展。既然已经走到五楼了，干脆上六楼也问一下吧。于是他更上一层楼，摁响了六楼施主席家的门铃。

施主席叼着香烟探出半个"三毛"脑袋，奇怪地看着眼前大汗淋漓的老蔡头。老蔡头满脸歉意地笑了笑，用袖子抹了抹额头上渗出的汗珠,气喘吁吁地把捡到鱼胶的事说了一下。施主席听了,脸颊顿时阴沉了下来,冷冷地说:"这鱼胶上难道写有我的名字啊?还劳烦你从一楼问到六楼来,你是想让整幢楼都知道我还在吃鱼胶!"说完,未容老蔡头分辩,就一把将房门甩上了。

碰了几鼻子灰,老蔡头一时回不过神来,自己好心好意一家一家地寻找鱼胶的失主,不感谢倒也罢了,怎么都摆出那种难看的脸色来呢?难道这鱼胶是烫手山芋被故意扔掉的?

老蔡头一边纠结着,一边走下了楼。住在底层的李大妈站在楼梯口,看见老蔡头拿着一盒鱼胶下来,歉意地说:"我刚才听见你在外面喊,我真是老糊涂了,这鱼胶是我托人买的,准备给我那体质虚弱产头胎的外甥女的……"

老蔡头听了,顿时"唉"一声叹息,如释重负。

去年我们一起喝过酒

苏进大学毕业就考了公务员，来到一个镇的党政办当秘书。最近，镇里新调来了个赖书记。苏进就想，这新书记上任，一定要给他一个好印象，以后工作就好做了。可是怎样才能给他一个好印象呢？

苏进想了很久，终于想到了自己的舅舅。苏进的舅舅是县外事局局长，一个算不上重要部门的领导。苏进想：一个县的，再说都一样是中层干部，赖书记应该和自己的舅舅相识，即使没见过面，也应该听说过吧！对，就从这里打通关系。

这天下午，苏进到赖书记办公室送材料。正巧赖书记也没什么事，于是招呼苏进坐下来聊聊。苏进心想：机会来了。

聊了一阵，苏进就把话题扯到了自己舅舅身上。

苏进说："赖书记，我舅常提起您。他说他曾跟您一起喝过酒，说您酒量好着呢，半斤不醉……"

赖书记问："你舅舅？你舅舅是……"

苏进忙介绍道："我舅是外事局局长，跟您一起喝过酒的。"

赖书记侧头想了想，说："咦，怪了。我还真想不起来。外事局的，你舅舅叫什么名字？"

苏进一听，愣了。心想自己的舅舅也是有头有脸的人，怎么赖书记就没一点印象？不得已，就把舅舅的名字说了。

赖书记又问："他什么时候跟我一起喝过酒？在哪儿？"

苏进有些心慌了,心想像赖书记这样的领导,一年在外至少也得有二三十场酒宴吧,肯定大小也是个"酒精考验"的干部。喝过那么多酒,和什么人一起喝,怎么可能会记得一清二楚的?于是便心怀侥幸地回答道:"在哪儿喝的酒,我也不清楚。我舅就是这么说的,好像,好像是去年的事吧!"

"噢……"赖书记轻轻点了点头,最后肯定地说道:"你舅舅我还真不认识。其实,我不会喝酒,酒量更是少得可怜,认识我的人都知道……"

赖书记还说了些什么,苏进已经没有心思听了,出来时,满脸通红。

过了不久,赖书记在一次镇政府机关干部职工大会上慷慨陈词:"……我来不久,就有些同志跑到我这里拉关系,走后门,套近乎。有个别同志更可笑,居然把他舅舅都拉出来了,还编出他舅舅去年和我一起喝过酒的鬼话,还说我的酒量如何如何好。在这里,我不妨告诉你们,从县党校到计生局到政法委,我可是滴酒不沾的。所以我奉劝这些同志,要端正自己的思想,不要在这些歪风邪气上动脑筋。我老赖可不是好唬的。"

苏进在台下如坐针毡,他知道赖书记这些话都是冲着他来的。

半年以后,苏进的舅舅通过公开选拔调任市委组织部当副部长。不久,市委对包括赖书记在内的几个基层领导干部进行考察,准备挑选一个到县委办公室任主任,这可是个美差,做得好说不定还能进班子挂着常委。这次考察,组织上安排苏进的舅舅带队进行。

这天上午,苏进舅舅一行人下到了镇里对赖书记进行考察。考察完毕,自然是一顿"工作餐"。本来像这种陪领导吃饭的好事没有苏进的份,可这次赖书记却破天荒非要苏进参加不可。明眼人一看就知道这是怎么回事。

酒席上,推杯换盏,觥筹交错,一派其乐融融的景象。当然少不了赖书记对苏进工作能力的大加赞赏,苏进的舅舅自是说了不少客气话。苏进坐在那里浑身都不自在。

酒酣耳热中,赖书记涎着脸突然对苏进的舅舅说:"李部长,其实我们是老相识了。去年我们还一起喝过酒,您还夸我酒量好呢……"

苏进的舅舅打了几声哈哈后,不解地问:"我们一起喝过酒,有这回事吗?我怎么就不记得了?"

赖书记认真地说道:"李部长,您是贵人多忘事。是真的,我也记不起在哪儿喝的。不信,你问问苏进。"

苏进在旁边惊愕地张大了嘴,一句话也说不出来……

夫妻夜话

"哎,我说老公,对门的那个男人究竟是干什么工作的?整天无所事事却又好像挺富有的?"女人靠在沙发上边磕着瓜子边悄悄问男人。

"唉,你能不能不跟我提那个家伙?我看你好像特别关心人家似的!人家搬来还不到一个月,你的这个问题好像已经跟我提过十来回了吧?"男人似乎显得很不耐烦,说完故意问了一下,"你看看他老婆怎么样?"

女人一听有点儿不悦了:"你说那个小妖精,屁股翘得比嘴巴还高,整个像狐狸精一样。"

"这就对了。"男人放下正看着的报纸,然后慢条斯理说,"你是有所不知。这个女的原来是在'富丽山'娱乐中心坐台的。外省的,来瀛港镇都有几年了,听人说,她现在已转行了……不知道干什么去了。他男人呢,也真是男人中的败类,整天在家闲着,是靠着她过生活的。你说这样的人你一天到晚提他干吗呢?你不是有意让我闹心吗?"男人说着有点恼怒了。

本来女人在得知了这个事情的真相之后理应向男人表示点歉意,毕竟当着丈夫的面羡慕人家一个吃软饭的男人,这是很伤丈夫自尊的一件事儿。其实女人只是因为心里有不解之惑,也就那么随意一说。

"我不过是随便问问嘛,我才不羡慕他们那样呢。"女人的回答如果就此打住,因这事的谈话也许就此平息。可是她忽然又想起什么,"我说你是怎么知道那女的是在'富丽山'娱乐中心坐台而且后来又转行的呀?你怎么知道得那么详细?"

女人的嗅觉在这种问题上总是十分的敏感,男人早已领教过,所以此刻只好装聋作哑,继续聚精会神看着报纸。他知道无论如何都不能回答,因为这问题无论给一个什么样的答案都会生发出更多的疑窦,所以干脆不答为妙。

可是女人偏偏不依不饶:"你说呀,你不是做过什么见不得人的亏心事吧?如果是那样,你尽管可以不开口。"

女人这一说,问题就严重了。男人想,说吧永远说不清楚,不说吧那就是做过见不得人的事儿。沉思片刻,他只好如实回答说:"你知道的,因为职业关系,我认识的人可多了,这其中包括认识她本人……"

女人认识问题理解问题的角度就是比男人深刻复杂:"你说什么,职业关系,我听不懂。是因为你的职业关系还是这个女人的职业关系,你去采访过她,去宣传过她?"

"反正我说什么都是可疑,干脆打死我也不说了。你要怎么认为就怎么认为,我认了还不行?"

"不行!你今晚非得跟我说清楚不可,休想用沉默来掩饰。我告诉你,你如果再不说话,今晚你甭想上我的床!"女人用拒绝同床来威胁丈夫了。

没想到男人冷冷地笑了。

"你笑什么?"女人急问。

"拉倒吧。就你身材那个三围那个软弱劲!你还真以为我想跟你上床?那是没办法!娶了你那是一失足成千古恨!"丈夫不开口也罢,此刻一开口竟然说出这样的话来,气得女人勃然大怒。

"好好好。早知道你嫌弃我身材不好,没有那个女人的性感,所以你就去找过那女人是吧?既然这样,咱们离婚好了。咱们今晚说离就离……"

"好了好了,还今晚离呢?"男人望了望墙上挂钟,"现在都十一点多钟了,就是要离也得等到明天天亮。不跟你扯蛋了,我要睡觉去了。"说着往卧室走去。

没想女人执拗地拦住了他:"今晚我是不会让你上我的床的。要睡你就在客厅睡沙发!"

见女人耷拉着脸,男人不得不作出妥协,迅速偃旗息鼓:"哎呀好好好,我睡沙发总可以了吧。"

子夜时分,睡在沙发的男人忽然想起了什么,于是悄悄溜进卧室,蹑手蹑脚地爬上了床,推醒女人,爱意缠绵地对女人说:"亲爱的,明天周末。"

女人尽管睡眼惺忪,但还是立马做出反应……

感谢女人一辈子

女人是 28 岁那年经朋友介绍和 30 岁的男人认识，没多久就结婚，成为海嫂的。

高中毕业的女人只是一家私立学校的教师，之前谈过几个男朋友，谈来谈去她都没有嫁出去。

和男人见面前，朋友先是给她打预防针，说他是跑远洋货轮的海员，工作性质是常年要漂洋过海，家境也不太好。

可女人一见面就被男人强健的体魄和略为老成的外表吸引了。认识的第三天，男人和她摊牌，说，我是农村的，我后面还有好几个弟妹，都在读书。我是海员，我的工作是常年在海上漂的。结婚单位上不一定能分到一间住房……

然而，女人像中了邪，连想都没想就点头答应了。

结婚以后，女人果然尝到了当海嫂的滋味，夫妻离别苦、相思苦。女儿出世时，男人刚好远在美国的休斯敦港，那阵子他一会去了德国的汉堡，一会去了南非的理查兹贝，几乎绕着国外几个大港口跑。半年后，男人才回到国内，但还是在青岛、天津、秦皇岛几个港口转。当海嫂的日子，女人没辜负男人，一直坚守在家，耐心地服侍家公和偏瘫家婆，准时给上大学的小叔小姑寄生活费。女儿寄在托儿所那里管着，她依旧在那所私校当教师消磨寂寞。

在学校，女人几乎天天听到有小夫妻吵架的或婆媳不和的，或闹离婚的或男人赌博输了钱回家就把老婆打得鼻青脸肿的新闻,也听到有男人在外面嫖娼、包二奶的……女人听到这些后,心里暗暗欣喜,欣喜她的男人从来没这方面的"新闻"。

一晃十多年过去,男人升为了大管轮,接着调回公司当船务部负责人,回到了城市工作,还在省城买了一套大房子。

姐妹们羡慕她:"你的眼睛真尖,真会找老公。"也有嫉妒她的说:"40多岁的男人是极品,而你是豆腐渣了,你可要盯紧啊……"

结婚以来,男人每一次回家休假,女人都能从男人对她的感情、或者一举一动甚至性生活中,感觉到男人的忠诚和对她的信任。女人说:"我男人不会的,跑远洋那么多年,他就知道忙工作。"其实女人说这些话时也不自信。因为男人真的是今非昔比了,不仅常有应酬,手下还管着一帮子男女同事呢。

"不叫的狗咬人才狠。"有一次,不知是谁说的这句话,女人听后就更刺心难过了。于是,她开始注意男人了,每天都要检查男人换下来的衣服,闻闻有无香水味;趁男人洗澡时,搜看男人钱包里的钱少没少,有时还要反复察看男人的手机,看有没有加别的女人的微信,有没有别的女人通话记录或信息什么的。她坚持好几年,结果都没有发现男人与别的女人的任何蛛丝马迹。

有一次,男人女人去逛商店。女人见一个长得很漂亮的年轻姑娘和男人打招呼,就反复问:"这女人好漂亮,是你们单位的?结婚了没有? 好像对你特别尊敬……"

这一次,男人被问得烦了,第一次对女人发火了,男人说:"你好无聊,老问她干吗? 她是我们单位的话务员,刚从部队退役的。"

女人听了非但没有生气反而觉得高兴。可这种高兴在第二天上班时就消除了。和她同年级的一个老师，她老公在外面嫖娼被逮住了，要女人帮助顶一天班。

在顶班的时间里，女人又想入非非了。男人有气质、有相貌、有才华，且事业有成又当了官，怎么就会对长相平平、也不年轻的她如此执着，她想不通……

一天晚上，女人问男人："你娶了我反悔过吗？"

"没有。"男人问答得很简单。

"当年，你那么英俊，又是大学毕业的，怎么就没有女孩子追你？"

"我们跑远洋的，一年中有十个多月在海上航行。我家在农村，弟妹又多，别人一听就摇头……"

"那我在你心里是什么位置？"

"很重要。你耿直、节俭、守规。那些年，我长期在外，是你在维持这个家，在忙碌地过着重复而平淡的生活，又带小孩又要伺候我的父母，还要记得准时给我的弟妹们寄钱。单凭这几件事，你就称得上是我永远不得不感激的神。所以我要感谢你一辈子。"

那一刻，女人哭了，男人是一个懂得感激的男人，那她就是幸福的人了。

那我就告诉你

海
殇

女人无数次地问过她男人："你在外面做这么多年生意，有没有女相好的？"

男人淡淡的回答说："没有。"

女人又问："在和我谈恋爱之前你有没有和别的女人谈过？"

男人说："没有。"

女人还问："你有没有动过别的女人？"

男人还是回答说："没有。"

女人依旧问："你有没有找上门来的女人？"

男人说："没有。"

可女人就是不相信。女人和男人谈恋爱的时候，男人年纪已不小了，表现得十分老道。女人在各个方面不算优秀，只能算是平常人，但和男人谈了不到一个月恋爱后，女人就成了男人的俘虏，心彻底被男人征服了。女人也知道男人的身体健康，是正常男人。

女人周围许多姐妹的男人，说起来都比女人的男人差着一个档次，因为女人的男人大小还算是一家外企管理层的白领，而这些姐妹的男人大多是蓝领。可这些人在外面或多或少都有外遇、有女人、有相好，还闹出不少绯闻、笑话来。

有时，女人的姐妹有的很是含蓄，有的还很是粗鲁地问起女人的男人来，女人说她男人在外面好象真的没有女人。姐妹们都不相信,说你男人这么优秀,不可能没有外遇。就算男人不去找女人,现在的女人也会主动送上门来的。说不定就是把你哄得像一尊佛,在家敬着,背后……明白什么叫不叫的狗咬人才凶呢,这样你就更要担心了。

其实,连女人自已也不相信。外面是花花世界,男人虽长相一般,但也算是个有才之人,这样的男人怎么没有女人爱,男人怎么可能守身如玉,对女人如此忠诚呢?

女人心里的确不相信。可女人又没有抓到男人任何把柄。为了证实女人的怀疑,女人不止一次以要为男人规整东西而偷偷地翻过男人的钱包、公文包,或以要为男人换洗脏衣裤为由,无数次地翻遍男人衣裤的口袋,有时还趁男人不注意时翻看男人手机的通话记录、微信群,看男人的电脑 QQ 聊天记录、博客和作品,甚至两人偶尔在一起看电视剧时女人还时不时突然冒出一句:"你喜欢哪种类型的女人……"

结果,女人每次清理清查行动都没有得逞。但是,女人仍不死心,为了套出男人的真心话,女人用尽了种种心计,在男人喝醉了酒的时候,在男人的身子十分疲惫睡意正浓的时候,在男人心情十分糟糕受到委屈的时候,在男人在外面遇到了不顺心的事发脾气、发牢骚的时候,在与女人动嘴吵架的时候,甚至在和男人做完那事之后,女人都不忘用心计、用语言来套男人的话:"我和你在外面的女人比如何? 外面的女人喜欢什么味道? "

男人被问得烦了,狠狠凶了女人一次:"我给你说了一百遍了,没有,就是没有。如果你真的想要我在外面找个女人的话,那你自己就先做好离婚准备,和你离了婚我再去找第二个女人,无聊! "

离婚,女人是绝对不会的。但是,女人就是不相信男人对她

全民微阅读系列

有这么忠诚。被男人狠狠地凶过之后，女人相信了。但是，她这种相信又是短暂的，一旦遇到了某种场面，一听到其他姐妹的男人花边新闻又出来了或一见到有的姐妹因其他女人而闹着要离婚时，女人又不相信她的男人了。女人又会问男人："我到底在哪方面吸引你，使你对我这么忠诚？"

"你想知道是么？"

"当然想。"

"那我就告诉你，你丈夫是读过很多书的人，知道女人和女人都是一个样子的。你丈夫是事业型的人，不想因同是一样的女人而自毁前程。要说忠诚，你丈夫好像也没有那么高尚，但只是知道理智要战胜感情，感情要能控制欲望，欲望要受大脑支配。至于当年为什么要选择你，是因为你的性格、身高、长相、年龄、职业是我择偶要求的那种类型的女人，所以让我遇上了你我就不放手。但既然选择了你，组成了家庭，我就争取要做最好的。明白吗？"

那一刻女人明白了，她真正感到从没有过的幸福。从此，女人信任她男人，也更爱她男人了。

把心还给你

　　女人一共打了七个电话,期间还用微信发了五次语音,但时间都已过了半个小时,男人还是没有任何回复。

　　女人右下腹部的疼痛渐渐地加剧了起来,像针在挑动般刺痛,整个人都几次从床上翻滚落到了地下。女人觉得越来越撑不下去了,于是无望地挣扎着从床上下来,踉踉跄跄地走近梳妆台抓起手机叫了一辆"滴滴"。

　　没一会,"滴滴"来到了楼下。女人从四楼走下一楼的几分钟里,如果放在平常,她会像只小白兔一样蹦蹦跳跳地跑下来,但今天的她觉得身体已不属于自己,轻飘飘的像是要飞起来似的,所以趁自己还有意识,就咬咬牙坚持着走下楼梯,让"滴滴"把她送到了医院。

　　医生看着面色苍白、嘴唇发紫的女人,开了单,就先让护士搀扶着她去做血常规、尿常规、超声检查、腹腔镜检查……检查后,医生一看埋怨了,出事至少一个小时了吧? 为什么现在才到医院? 你知不知道这很危险的,你们现在这些年轻人啊,年纪轻轻的怎么就不懂得珍惜呢? 女人听着医生的埋怨,指着放在一边的手提包说,钱在包里,医生你先救我吧,痛死了,不够钱包里还有一张卡,里面有,说完后,女人便昏厥了过去。

　　女人醒来后,窗外的阳光正明媚地照在床上,四周洁白的墙让女人意识到自己躺在医院里,女人开始清醒了,终于想起可能

是自己昨天傍晚吃了早上那些隔夜的剩饭剩菜,没一会,腹部就开始绞痛了,然后一直冒着冷汗在床上翻滚,后来坚持把自己送到了医院。

女人正想着,护士来了。见女人醒了,护士忙上前询问,让她赶快通知家人来照顾。

家人?在这个城市里她没有。女人想到了男人,打开手机,却发现手机没电了。女人于是说:"我没有家人,麻烦你们帮忙照顾一下我吧,或帮我叫个护工吧。我的身体没什么要紧吧?"

"都上手术台了,还没什么要紧呀?"护士看着女人憔悴的脸,没好气地说,"你昨晚幸好来得及时,假如再晚些时候就危险了。你知不知道,你可是急性阑尾炎,严重的急性阑尾炎有可能致阑尾穿孔而引起腹膜炎的。如果你是妊娠合并急性阑尾炎,还会发生流产或早产,甚至导致胎儿缺氧而死亡……"

护士说后面几句话的时候语气很重,女人听了,脸竟不自觉地发烫了,她觉得病房里的人,都听到了这些话。她虽然不认识她们,但觉得她们似乎都认识自己一样。

女人静静地躺在床上,静静地沉睡,静静地接受治疗,同病房里的几个室友床边时不时地围坐着她们的家人,女人像是没看到也没感受到一样,只管闭了眼睛沉睡,她不想听到她们的窃窃私语和指指点点。

闭着眼睛的女人满脑子却都是男人的身影,和男人在一起的种种快乐时光,都让女人觉得此时的疼痛是一种印记,女人疯狂地想打个电话给男人,于是向护士借了充电器,给手机充了电。充了电的手机里就显示出了男人的电话号码,女人一遍遍默念着,几乎能够倒背出来了,但女人还是无法给男人拨出去。女人担心男人不方便,担心男人正在和家人团聚,担心男人或者有公务在身。于是女人把想要说给男人的话编写成了一条条信息，但却还是没有发出去。女人将这些信息转到手机里的文件夹中，权当男人已看到了。女人在心里默默地呼喊男人的名字，期望男人能够在她最需要的时候，能主动打个电话给她。但住院留医的三天时间里，女人还是没有听到男人的哪怕是一声很短促的电话铃响。平常的时候，女人一般不超出半天就会接到男人的一个电话或几句微信语音问候，但这几天是为什么呢？女人不免担心起男人来，难道男人是出了什么事了？女人越这样想越觉得男人一定是发生了什么事，就再也躺不住了，请求出院了。

女人在护士的搀扶下走出病房，眼神的余光对隔壁病房里无意的一瞥间，她就看到了一个熟悉的背影，看到男人正坐在一张病床前，小心翼翼地往床上的一个女人嘴里喂吃着东西，女人一眼就认出床上的女人就是那个只见过照片的男人的老婆。

一瞬间，女人眼里竟不争气地涌出了晶莹的液体，愣愣地看着男人百般细心地喂着床上的女人。护士看出女人的落寞，说了句："羡慕人家了吧？至少生病会有人照顾，你也赶快找一个嘛。"

女人听了嘴角扬起一丝笑，看了男人最后一眼，就走出了医院。女人边走边拆开手机，扔了男人买给她的手机卡，然后搬离了男人为她租住的那个家……

守望幸福

　　女人听到别人说起她的男人时,就会一脸的不高兴。但要说她的男人好在哪儿坏在哪儿,女人也说不出个所以然来。因为她知道,男人不像她的几个姐夫那样,都是公务员,每天身着干净衣服,脚穿锃亮皮鞋,手拿着公文包去上班,而是一个老实巴交、好象天生就是一个只会干粗活的工人。

　　女人跟男人对上眼的时候,女人全家上上下下都反对。因为男人的背景只是一个十分普通的工人家庭,七大姑八大姨也都是些打铁的或摆地摊卖水果的。而女人的父亲在一个局里是一个很有实力的科长,几个姐姐、姐夫都在各自的单位混得也还差。女人的母亲还说了,一个木匠,能有什么发展,会有什么前途。

　　可女人就是偏偏看中了这个工人阶级,喜欢男人骨子的忠厚、诚实和勤劳,而且还不到 23 岁就当上了木器厂装修车间的主任。

　　转眼就是十多年过去了。

　　这些年,男人和女人发生了很多的事,先是女人成了下岗职工,最后再就业到一家私营的五金家具配件厂去打工,接着就是男人所在的木器厂也倒闭了。男人在家里做了几个月的"主男"后,就带着他车间的十几个年轻工人,成立了家装工程队,然后就出门去南征北战,到城市里帮人家搞家居装修了。男人每次一

去就是一年，有时在深圳、广州，有时去了上海、北京，就连东北哈尔滨那边也去了……一年中男人能在家的日子顶多就是春节那一小段时间。

女人父母在心里一直对女儿的婚事不满意，要强的女人在私营企业打工，回娘家的次数就少了，也从不在家里说起她家的事儿，这样就慢慢跟娘家人的关系疏远了。

说实话，每到夜晚的时候，女人看着孤寂的家，心里虽然有些别扭，有时还曾反悔过，但男人是自己爱的，怨不得谁，而且说什么也迟了，因为孩子都上小学五年级了。

男人长期不在家，可毕竟他是领队是工头，收入还算是可以。男人尽管长期远离家，但对女人依旧是关怀备至，体贴入微，坚持每天早晚两个电话嘘寒问暖，于是男人女人这俩小夫妻一直是很恩爱的，小家庭的日子平平淡淡还算过得去。

这些年，楼盘多了，房产市场火了，做装修的当然也热起来了。男人工程队的效益也跟着好了很多。为人诚实、讲义气的他，由于技术好又能免费帮人设计，于是在装修业中有很高的威信，而手下的那些工人也愿意跟着他干，且个个都是家居装修的好手，你要现代时尚的，或者要欧式宫庭的、美式田园的，还是要新中式、韩式小资的，他们都会。承包工程，多干活、效益好，于是大家收入也就高。男人为人直爽，收到工程任务后，就让工人们放开手脚干。几年下来，工人们的腰包里都鼓了起来。

一年春节，男人回到家里把口袋里的银行卡和一串钥匙交到女人手里。女人问道："什么意思？你这是什么地方的钥匙，我怎么没见过？"

"这是小车的钥匙，我买了一辆小车，就停巷口，你去看一看。"

"你骗人也不打打草稿,就你一个搞装修的也能买上小车?"

"我什么时候骗过你?巷口那辆深圳牌的黑色轿车就是我们家的,你去看一看。"

女人走到门口朝左边望了望,发现巷口还真的有辆深圳牌的黑色小轿车。

"这车真是我们家的?你花了多少钱?"

"是的,是我买的,老婆这车花了二十多万。"

"你什么时候学会了开车?"

"这是秘密。"

"好啊,你在外面背着我还干了什么事?"

男人听后笑呵呵地说:"我背着你在城市里帮人装修,背着你学会了开车,背着你攒下了卡里这些钱,还有……"男人说着一把挽过女人,然后从裤兜里摸出一张印有工程公司董事长和男人名字的名片,在女人面前扬了扬,随后用嘴堵住了女人的嘴……

那天晚上,女人感到无比幸福,因为她在娘家人中第一个买了小车,她的男人这回真的让她露了一回脸。

两张购物小票

男人到浙江舟山出差,回来时提着一个很大的泡沫箱子,里面装满了龙虾、大螃蟹、鲍鱼、海参、扇贝等海产品,还有一些北极贝。

"爸,这全都是给我们吃的吗?"长在海边的孩子喜欢吃海鲜,此刻见到这么多海参、扇贝什么的,高兴得像鸟儿那样蹦蹦跳跃起来,"爸,今晚我们就吃北极贝刺身好吗?"儿子和女儿一边问着男人,一边用筷子一会儿逗着大螃蟹,一会儿挑了挑龙虾,整个屋子里充满欢声笑语。

"怎么了,这么大出手的。"女人看着笑眯眯的男人说,"大老远的路,带这么多海鲜回来,不赚累?钱够用吗?"女人知道,现在男人单位里的所有费用开支都在紧缩,旅差补贴同样管得严。她听男人说过他们单位自打执行"八项规定"以后,出差补助一天就才80元,少得可怜。

男人乐呵呵地说:"现在交通方便,不算远了,高铁也就5个半小时。"顿了一下,男人又开口了,"话说我们跟舟山同样是滨海城市,可舟山那里的海鲜就是多,而且比我们还便宜。据说,水产品交易不仅辐射全国20多个省、市,还出口日本、韩国等国家以及港澳台地区呢……难怪他们建了占地30万平方米的国际水产城。"

"所以,你就撸起袖子买回来这么多。"

"难得去一趟,不买些回来让你和孩子好好撮一撮会觉得遗憾。"男人没看出女人的忧虑,说着捣鼓着箱子里的海产品,"这次出差真值,我几乎都要撑破了肚子。真的,舟山的海鲜就是没一个地方能比它便宜。"

那天晚上,男人还把住在附近的女人的父母和几个朋友都请来了,一起吃了顿丰盛的海鲜大餐。席间,大家都很高兴。女人还一边吃着海鲜,一边幸福地看着男人。但女人心里还是在悄悄地想着:男人这次出差买回了这么多的海鲜,他肯定有瞒着我的"小金库",或许有什么工资卡以外的收入没有告诉我。

女人知道,男人年轻时曾经好打麻将、玩纸牌,但生了小女儿以后,他就不再喜欢这些了。难道他现在又在偷着干?想到这里,女人觉得筷子上夹着的难得吃上一次的北极贝也变得索然无味了。

翌日,男人上班后,女人开始规整他的旅行包。她把包里的脏衣服什么的都拿了出来,然后一件一件地翻了个遍,看看有没有遗落什么其他东西,没想到从一条裤子的兜里掉出来一个小纸团。

女人捡起一看,见是两张揉在一起的购物小票。心想,可能是他随手塞进裤兜里的,于是铺平一张细看了一下,原来是舟山国际水产城的购物小票。

看着这一张小票,女人心痛的自言自语起来:"哎哟,整整两千元哪。"女人说着在心里轻轻地叹了口气,就算是让大家一饱口福,也不该花这么多钱啊。看样子男人一定在背着我捞外块,还把挣的钱偷偷地存起来。

女人微微摇了摇头,接着铺开了第二张小票。还是一张计算机打的购物小票,只是上面写着:康师傅方便面四桶 26.00 元,维他奶四瓶 14.00 元，双汇火腿肠一袋 7.00 元。

女人看着小票上的那些微小的字，顿时眼眶一热，泪水潸然而下。男人是在骗我，说出差那几天吃了很多海鲜，原来是用这些方便食品在填饱肚子。

想起昨天男人回来时一副乐呵呵的样子，女人明白了，随即抽泣了起来……

生　活

　　男人走时，儿子不满三个月，女儿也才三岁。

　　那天早上，男人看看女人，看看女人怀中的儿子，看看女人旁边的女儿，泪水一直在眼眶里打转，但男人还是毅然地提起行囊，头也不回地一步跨出门槛，走出了家门。男人怕再多看一眼，就再也下不了决心。

　　男人走了，是劳务输出，合约签了三年，远赴毛里求斯，到一艘渔船上打工，从事公海捕捞。

　　男人想，三年后，他一定要回来给他的女人和一对儿女幸福的生活。这样想着，他就把所有的不舍化作美好的期待，步子迈得更铿锵有力了。

　　女人望着男人渐行渐远，泪水就大滴大滴的掉落在怀中儿子的衣襟上，她虽然也希望男人能多挣钱，让她和孩子过上好日子。但一想到男人这次是远涉重洋，要过着风里来浪里去的危险的海上生活，她还是异常不舍。而且，对于三年的分离，她还想到了更艰难的四个字，寂寞难熬。

　　男人在外，吃了很多苦，遭遇了很多次危险，人变得又黑又瘦。但攒回了一小笔钱，三年的时间也熬过来了；带着一对幼小儿女的女人也很辛苦，在家受了很多累，遭了很多冷眼，忍了很多无言孤独，人也变得憔悴不堪了。但现在，女儿都已经上了三年的幼儿园，会唱很多儿歌会背很多古诗会讲很多故事了；儿子也已满地跑,看别人叫爸爸就也跟着叫了。

女人在夜里一直在默默掰着手指头算,一年……两年……两年半,总算三年了,男人应该可以回来了。

是的,男人要回来了。终于有一天,男人在电话里头说,我现在深圳罗湖,都买好了回镇里的汽车票了。

女人一听,愣怔了一下,旋即回屋梳了头,换了身衣服,然后抱起儿子,牵上女儿,坐上一辆电动三轮车,就直奔镇上的汽车站去了。

男人和女人此时此刻都在心里想着彼此的模样,她变了吗? 他变了吗?

等了三个小时,汽车到站了。男人扛着行李,走出车门的一刹那,眼睛立刻就涩了,那个他走时脸色红润圆滑的女人怎么变得蜡黄纤细了! 女人也看到了那个她日思夜想的男人了,可那个又黑又瘦、满脸胡子拉碴的男人是她的男人吗? 男人走时可是壮实得跟头牛似的啊!女人愣愣地看着男人,哽咽了,眼泪随着扑簌扑簌地直往下落……

此刻,男人和女人没有像城里人那样紧紧地拥抱,而是都把目光朝向一对儿女。

女人泪眼婆娑地对儿女说:“叫啊,你们快叫爸爸!”

女儿虽然对眼前的这个男人感到有些生疏,但还是脆生生的叫了。而儿子却一直憨憨地躲在女人的身后,硬是不让男人拉一下。男人抱起他,亲了一下,吓得儿子“哇哇”地哭起来。

女人笑了,抹了一下眼泪说:“走,我们回家。”

男人看了看车站门前的一排出租车,指着最干净的那辆,对女人说:“走,我们坐这车回家。”

车上,男人对女人说:“等我们盖了房,我们也买辆车,再来镇上时，你就不用再坐那蹦蹦跳的三轮车了。"

　　看着这幸福的一家，出租车司机的眼睛瞬间也有点涩了。

后　记

　　岭南小小说文丛终于要出版了。此刻,手捧着我的这本书稿,心情久久不能平静。文丛有总序,再者这又是我的第四本小小说集子了,所以我本不应再说些什么,但想了想,还是打开电脑在键盘上敲下几句话,就权当后记了。

　　从 1982 年在《羊城晚报·花地》发表第一篇短篇小说算起,这三十多年,我总共写了近三百篇小小说。自 1989 年在云南德宏民族出版社出版第一本集子《济超小小说选》开始,我又先后于 2007 年在人民文学出版社出版了《尴尬世事》、2011 年在江西高校出版社出版《乖鱼》,共三本小小说集。但至于大家读完后感觉如何、怎样评说,我便不敢多说了。

　　我很清楚,我所有的作品的表现方式与艺术手法还不是那么成熟,基本上不能形成一种独特风格。在归整这本集子的时候,就连我自己都十分惊奇,我竟然还出版了这等水平的四本小小说集?其中有几篇还居然获得全国奖项。不过,我认为,我的每篇作品还是能够按照小小说这种文体的要求,使触角直接深入到社会生活的方方面面,或关注社会底层弱势群体悲苦的生存状态,或批判不公不义的世风弊俗,或歌颂人性美与人情美,或鞭挞人性的丑陋与卑俗……

　　我得承认,这些年,受各种因素的影响,我写作的情绪和心态是有点浮躁的,好长一段时间极不认真,而且有些淡漠。今天，能够出这本集子，我要感谢省小小说学会诸位领导。近年来，我曾无数次检讨自己的作品，每当写完一篇，我的心里就有一股说不出的滋味，我忐忑不安地想，我的作品究竟在什么样的水平上呢？就在我处于这种惶恐和怅然的时候，是他们鼓励我可以再出一本结集，为自己的文学之路重新划一条起跑线，我方才决心将近年来发表或未发表的这 70 篇拙作进行结集，也算是作一次总结、检视。

我真有些惊喜交集，也期待着这第四本结集出版之后，能够再有崭新的创作。